★中华优秀传统价值观故事丛书★

威武正气的故事

葛 琳 编著

吉林人民出版社

图书在版编目(CIP)数据

威武正气的故事 / 葛琳编著. -- 长春：吉林人民出版社，2012.5
（中华优秀传统价值观故事丛书）
ISBN 978-7-206-08860-5

Ⅰ.①威… Ⅱ.①葛… Ⅲ.①品德教育 - 中国 - 青年读物②品德教育 - 中国 - 少年读物 Ⅳ.①D432.62

中国版本图书馆CIP数据核字(2012)第075425号

威武正气的故事
WEIWUZHENGQI DE GUSHI

编　　著：葛　琳
责任编辑：孟广霞　　　　　　封面设计：七　洱
吉林人民出版社出版 发行（长春市人民大街7548号 邮政编码：130022）
印　　刷：永清县晔盛亚胶印有限公司
开　　本：670mm×950mm　　1/16
印　　张：12　　　　　　　字　　数：90千字
标准书号：ISBN 978-7-206-08860-5
版　　次：2012年5月第1版　　印　　次：2023年6月第3次印刷
定　　价：38.00元

如发现印装质量问题，影响阅读，请与出版社联系调换。

目录

1. 秦朝末年农民起义领袖陈胜、吴广 …………………… 1
2. "龙城飞将"李广 …………………………………………… 4
3. 汉朝大漠第一将卫青 ……………………………………… 9
4. 汉代抗击匈奴的名将霍去病 …………………………… 14
5. 出使西域的班超 …………………………………………… 18
6. 东晋北伐名将祖逖 ………………………………………… 23
7. 中国巾帼英雄第一人冼夫人 …………………………… 27
8. 铁骨鸿儒颜杲卿 …………………………………………… 31
9. 盛唐传奇大将郭子仪 ……………………………………… 36
10. 维护国家统一的颜真卿 ………………………………… 43
11. 唐末农民起义领袖黄巢 ………………………………… 49
12. 南宋一代名将韩世忠 …………………………………… 54
13. 精忠报国的抗金名将岳飞 ……………………………… 60
14. 红巾军领袖刘福通 ……………………………………… 69

目录 CONTENTS

15. 抗倭英雄戚继光 ········· 73
16. 明代壮族抗倭英雄瓦氏夫人 ········· 80
17. 大明传奇女将秦良玉 ········· 86
18. 一代闯王李自成 ········· 92
19. 抗清英雄张煌言 ········· 98
20. 民族英雄郑成功 ········· 105
21. 十七岁的抗清英雄夏完淳 ········· 113
22. 满族抗俄名将萨布素 ········· 119
23. 爱国英雄林则徐 ········· 125
24. 鸦片战争中最早牺牲的爱国将领关天培 ········· 130
25. 抗英名将陈化成 ········· 135
26. 太平天国领袖洪秀全 ········· 140
27. 太平天国名将陈玉成 ········· 145
28. 太平军骁勇女将洪宣娇 ········· 152

目录 CONTENTS

29. 彝族农民起义领袖李文学 ·················· 158

30. 农民起义领袖宋景诗 ······················ 162

31. 海军忠魂邓世昌 ·························· 170

32. 抗日名将左宝贵 ·························· 175

33. 抗击日寇的台湾义军首领徐骧 ·············· 178

34. 义和团首领朱红灯 ························ 184

1. 秦末农民起义领袖陈胜、吴广

陈胜，字涉，阳城（今河南登封市东南）人。秦朝末年反秦义军的首领之一。

吴广，字叔，阳夏（今河南太康县）人。与陈胜同为秦末农民起义领袖。

公元前221年，秦始皇凭借着先祖的业绩和自己的雄才大略，消灭了六国，统一了中国，这一丰功伟绩将永垂青史。可是秦始皇在统一了中国之后，没有让饱尝战争之苦的人民有休养生息的机会，而是实行极端残暴的统治，繁重的徭役赋税和严刑酷法有增无减，使得广大农民喘不过气来。当时农民男子终年辛苦却吃不饱，女子终年纺织却穿不暖，道路上受过刑的人处处可见，街市上被处死的人每天都成堆。人民忍无可忍，怒火在燃烧，一场农民革命的风暴来临了。

陈胜是阳城人（今河南登封市东南），吴广是阳夏人（今河南太康县），都是贫苦的农民。秦二世元年（前209年），二人被同时征发赴徭役，作为屯长，带领

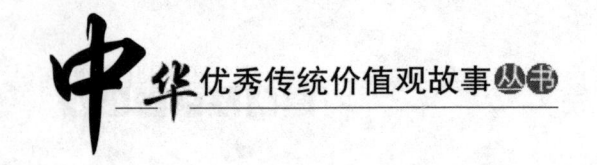

九百人前往渔阳（今北京密云西南）戍守。

他们走到大泽乡（今安徽宿县东南）的时候，遇到连日大雨，道路泥泞，不能继续进发，估计要误期。按照当时的法令，误了到达日期都将被斩首。在这种情况下，陈胜、吴广商议道："现在逃亡是个死，起义也是个死，同样是死，不如拼死干一番事业！"于是二人一齐将两个押解的军官杀死，然后召集众人，充满激情地号召说："大雨阻断了交通，误了到渔阳的期限，我们都将被杀头。即使不被杀头，戍边的人也将十有六七丧命。壮士不死就算了，死就要成就一番事业。难道那些做王侯将相的就都天生的贵种吗？"众人都响应说："就听你的命令了！"

于是设立坛场，歃血盟誓，用两个军官的头作为祭品。陈胜自立为将军，吴广为都尉（仅次于将军），号称"大楚"，砍削树棍当兵器，举起长杆为旗帜，以"伐无道，诛暴秦"作为口号，开始了对秦朝的战争，点燃了中国历史上第一次农民革命战争的烈火。

陈胜、吴广率领部下首先攻取了大泽乡，然后挥师北上，势如破竹，攻下了许多地方。起义军所到之处，农民无不欢欣鼓舞，纷纷参加起义军。起义军一路发展，到了陈地（今河南淮阳县）时，已经拥有兵车六七百辆，骑兵一千多，步兵数万人。

在陈地，当地一些有地位的长老、士绅对陈胜说："将军自披铠甲，手执利刃，诛伐无道的暴秦，功绩伟大，应当称王。"陈胜于是自立为王，并成立了革命政权，号为"张楚"。消息迅速传遍全国，刘邦、项梁和项羽各路英雄纷纷聚众起义，讨伐暴秦的战火形成燎原之势。

为夺取革命的胜利，陈胜、吴广将起义军分为三路继续攻秦。当秦二世得知起义军进入函谷关的消息时，十分惊恐，来不及调集军队，就临时将建造骊山陵墓的几十万人武装起来，由章邯率领，向起义军反扑。这时起义军内部发生了分裂，大大削弱了战斗力，而且处于孤立无援的境地，其中一路起义军惨遭失败。不久，吴广被部将杀害，陈胜被车夫杀害，他们所领导的起义军终于失败。但是他们点燃起的农民战争烈火却没有熄灭，刘邦和项羽所领导的两支起义军，就是在此基础上发展壮大起来的，并且最终推翻了黑暗的秦王朝的统治。

◆陈胜吴广起义是中国历史上第一次大规模的农民起义。他们的革命首创精神鼓舞了千百万劳动人民起来反抗残暴的统治。它从根本上动摇了秦王朝统治，为之后项羽、刘邦灭秦创造了有利条件，在中国农民战争史上占有重要地位。

2. "龙城飞将"李广

李广，陇西成纪（今甘肃静宁西南）人，中国西汉时期的名将。

❧

李广是西汉时人，家中男子世代以精于骑射著称。一次李广出外打猎，远见草中有一只老虎，便一箭猛射，可是等近前一看，射中的不是老虎，而是形状像老虎的一尊石头，箭头已经全部没进石头。李广每到一处，只要听说有老虎，总是亲自前去射猎。在驻守右北平时，有一天去射老虎，那只虎纵身跳起，抓伤了李广，但李广终于将它射死。李广年轻时就从军，一生与匈奴战斗七十多次，射杀匈奴人无数，享有威名，匈奴人称他是"汉之飞将军"。

汉文帝时，他在对匈奴作战中，射杀、俘获的敌人很多，被任命为中郎将。一次随汉文帝出行，表现出色，勇敢过人，汉文帝很有感慨，对他说："可惜呀，你生得不是时候！如果是生在高祖打天下的时候，封个万户侯是不成问题的！"

汉景帝时，李广曾任上郡太守，抵御匈奴的入侵。景帝派了个近侍宦官到李广军中实习并参加战斗。有一天，这个宦官率领几十名骑兵深入北地，遇到三个匈奴骑士，于是交战。三个匈奴骑士回射，射伤那位宦官，并将他带领的骑兵几乎全部射死。宦官逃入李广军中，向李广说了情况，李广便说："这三个人一定是射雕老手。"于是率领一百骑兵驰马追击。那三个人失去了马，已经徒步走了数十里远。李广追上后，命骑兵左右包抄，自己张弓射箭，射杀两人，生擒一人，一问，果然是射雕老手。将生擒的匈奴人捆绑起来，放在马上，准备回营，这时远处出现了几千匈奴骑兵。可是对方发现李广他们之后，以为是汉军派来进行引诱的骑兵，就慌忙上山摆开了阵势。李广率领的一百骑兵都很惊恐，想要驰马逃跑。李广说："我们离开大营已经有数十里，骑马逃跑，就会被敌人射得一个不剩。如果我们停下来，匈奴军就一定认为我们是为大部队来引诱他们的，他们就不敢进攻我们了。"于是命令说："前进！"一百骑兵前进到距匈奴军两里处停下来。李广又命令说："全体下马解鞍！"于是都下马解鞍。匈奴军摸不清这一百骑兵的虚实，因此也没有敢进攻。这时匈奴军中有一名骑白马的军官，骑着马离开大队，在阵前徘徊，掩护着后面的人。李广见有机可乘，便立即上马，带领十几名

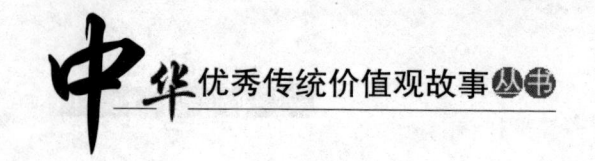

骑兵突然袭击，射杀了那个骑白马的匈奴军官。然后又飞马回到原地，解下马鞍，并且让大家仰脸躺在地上。这时天渐渐黑下来，匈奴人仍是对李广他们的情况感到奇怪，不敢进攻。半夜里，匈奴人怕汉军有埋伏，便悄悄地走了。天亮之后，李广率领一百骑兵安然回到了大营。

汉武帝时，李广从卫尉升到将军，率军出雁门关击匈奴。匈奴兵多势众，李广战败被俘。当时李广负了伤，匈奴人就用两匹马撑开一布帐，像一张活动的担架，让李广在上面躺着，想将他带回营地。走了十多里，李广假装死了，却眯着眼察看情况，见旁边有个年轻匈奴人骑着一匹好马，便腾身而起，上了那匹马，将那年轻匈奴人推下马，并夺下了他的弓箭，策马向南飞驰。匈奴人派了几百名骑兵追捕，李广便一面骑马飞跑，一面回身射箭，射杀了几个匈奴人，最终脱身。向南逃了数十里，才见到自己的残兵，带领他们进入雁门关。由于这次出击损失惨重，又曾被敌人俘虏，本该斩首，因他屡立战功，允许他赎为平民。

李广在家住了几年后，又被征召做右北平太守。不久又任郎中令，率领四千骑兵从右北平出发，与张骞带领的一万名骑兵分头围剿匈奴。李广行了大约有几百里，被匈奴左贤王率领的四万人包围，可是张骞的军队尚未如期到达。李广的部下都惊慌不安。李广于是让儿子李敢率领几十名骑兵，直入敌阵，冲杀了一阵又回来，报告说："匈奴人是好对付的。"于是军心稍稍安定下来。李广布下了环形阵，让军士人人面朝外对着敌人。匈奴人发起猛烈攻击，箭如雨点般射来，汉军死伤了大半，箭也快用完了。李广便命令士兵持满弓，但不要轻易射击，自己亲自用号称"大黄"的强弓射击匈奴军的副将，一连射死数人。这时匈奴军才渐渐后撤。天已近黄昏，汉军将士已经战得疲惫不堪，而李广却仍然意气昂扬，指挥自若，部下都很佩服他的坚毅勇敢。第二天，又与匈奴人交战，正好援军已到，匈奴军才退去。这次战役中，张骞误了行期，应该处死，后来赎为平民；李广功过相当，也没有得赏。

李广渐渐老了，但在六十多岁时仍然坚持出征。一次随大将军卫青出击匈奴，由于迷了路，他所率领的一支部队未准时到达指定地点。后来卫青追究责任，李广说："其他将军没有罪，是由于我自己迷失了路的。现在我自己承担责任，听候审问。"但他不情愿受刀笔官吏的审问，认为那将是一种耻辱，于是引刀自刎。全军将士听到这消息，都痛哭失声。百姓听说后，不管是否认识李广，也不管老少，都为李广之死流泪。

李广为人廉洁，四十年中俸禄一直是二千石，可

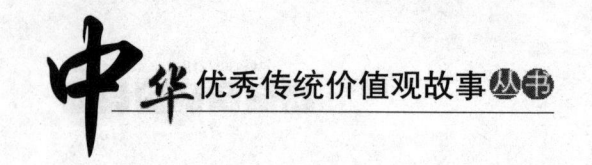

是到死时，家中竟然没有一点余财。他非常爱护士兵，与他们同甘共苦。行军困乏时，遇到水源，士兵不饮完，他不饮；饭做好后，士兵不吃饱，他不吃。得到赏赐，他都分给部下。他平素寡言少语，但深受将士的爱戴。

"飞将军"李广被世代人们所景仰和歌颂，成为人们心中反对外族侵扰的典型英雄人物。唐代大诗人王昌龄《出塞》一诗曾怀念李广说："秦时明月汉时关，万里长征人未还。但使龙城飞将在，不教胡马度阴山。"

◆李广一生皆在边关戍敌，与匈奴七十余战，以骁勇善射、智谋超群著称，匈奴闻其名则远而避之，不敢与其相战，堪称不战而屈人之兵。李广治兵宽缓不苛，与士卒同甘共苦，深受边关军民的爱戴，在历代的边疆士兵中都有着崇高的威望，是一位"才气天下无双"的将军。

3. 汉朝大漠第一将卫青

卫青，字仲卿，汉族，河东平阳（今山西临汾市）人。是西汉时期能征惯战，为汉朝北部疆域的开拓做出过重大贡献的将领，也是中国历史上为人熟知的常胜将军。

卫青是西汉时抗击匈奴的大将。卫青的母亲是平阳侯曹寿家的婢女，嫁给了卫氏，生了一男三女。后来丈夫死了，与曹府上的吏人郑季私通，生下了卫青。卫青本该姓郑，只因同母姐姐卫子夫后来被汉武帝宠爱，因此借姓卫。卫青因为是奴婢所生，地位卑下。他很小的时候就离开母亲到了郑家，郑家的人都看不上这个私生子，郑季就让他去牧羊。大自然的陶冶和艰苦生活的磨炼，造就了他淳朴耐劳、刚毅坚强的性格和强健的体魄。他长大之后，又回到曹府母亲的身边。

平阳侯曹寿的夫人是平阳公主，平阳公主是汉武帝的姐姐。汉武帝一次到平阳公主家，看中了美貌出

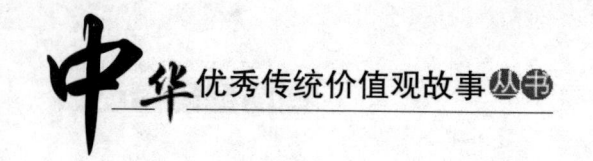

众、舞技超群的歌女卫子夫，于是将她带回长安宫中。卫青也随姐姐卫子夫到了建章宫，在汉武帝身边做事。他经常随汉武帝外出围猎，由于身体强壮，精于骑射，很受汉武帝的赏识。

西汉初年，居住在北方的匈奴族的势力空前强大。匈奴贵族为了抢掠财富和奴隶，经常骚扰汉朝的北部边境，越过长城，占据河套地区，并且将势力继续向南延伸，给汉朝带来极大的威胁。西汉最初对匈奴采取和亲政策，使边境取得了一时的缓和，但没有从根本上解决匈奴的威胁，匈奴仍然不断南下骚扰抢掠。到了汉武帝，决心发动对匈奴的反击战争，并做了充分的准备工作。在选拔将领上，汉武帝不仅起用老将，还大胆提拔青年将领，卫青就是这时被提拔重用的。

汉武帝于元光六年（前129年），任命卫青为车骑将军，与另外三名将军各带万名骑兵，分四路出击匈奴。结果其他三路不是战败，就是无所收获，只有卫青一路以神奇的速度直捣匈奴祭祀祖宗的圣地龙城（在今蒙古境内），出敌不意，打得匈奴四处溃逃。卫青又乘胜追击，捕杀匈奴将士七百多人。武帝得到捷报，立即封他为关内侯。卫青初战告捷，显露了他的勇猛善战和卓越的军事指挥才能。

元朔二年（前127年），匈奴又出兵辽西，杀死了辽西太守，还骚扰渔阳（今北京密云西），掠夺两千多人口。武帝于是命令卫青、李息率领四万精骑出击匈奴。卫青从云中郡出关，与匈奴右贤王战于高阙（今内蒙古抗锦旗阴山西南长城口），然后急转西进，直抵陇西，反击匈奴，俘获数千人，夺得十万头牛羊，还收复了秦代开拓的河套地区，设置了朔方郡，作为军事基地。从此，解除了匈奴对京城长安的巨大威胁。武帝得到捷报后十分高兴，派人专程到军中慰劳，并诏封卫青为长平侯。

元朔五年（前124年），汉武帝组织了十几万人马，分数路出击匈奴。车骑将军卫青率领三万骑兵从高阙出长城，急行军六七百里，乘夜突然包围了匈奴右贤王的王庭。右贤王万万没有料到卫青行动如此神速，当时还正在畅饮，闻讯后大吃一惊，慌乱中只带着爱妾和几百名骑兵突围逃走。

卫青部将率兵追逐数百里，虽然没有追上右贤王，却俘获了十多个裨王（小王），及男女一万五千余人，牲畜数十万头。卫青大获全胜，收兵南归。到关塞时，武帝派使者带着大将军印，拜卫青为大将军，抗击匈奴的所有汉军，都统归他指挥。

汉武帝为了从根本上解除匈奴之患，决定远征，彻底消灭匈奴的有生力量。元狩四年（前119年）春天，汉武帝命令大将军卫青和骠骑将军霍去病各率领

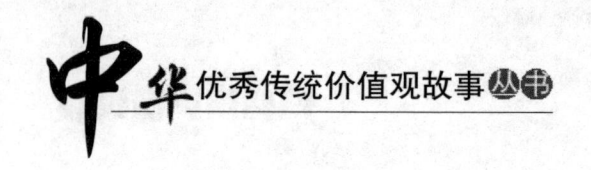

骑兵五万人，还配备后续的几十万步兵和转运役夫，浩浩荡荡，开始了远征。卫青率领的是西路军，从定襄出塞后，深入漠北一千多里，与匈奴单于（最高首领）率领的主力军相遇。卫青于是用武刚车（上有遮盖的车）围成一圈，作为营地。然后派出五千人迎敌。匈奴则派出了将近一万人，双方厮杀在一起。当时太阳快要落下去了，正值黄昏，汉军就乘机另派两路人马从左右向单于包抄过去。

单于见汉军众多，来势凶猛，估计战下去不利，便也乘薄暮，率领几百精壮骑兵突围，向西北逃去。卫青得知后，率骑兵追击，追出二百多里，到第二天黎明，仍没有追上，只是一路斩杀一万多敌人，到了窦颜山赵信城（今蒙古戈壁省翁金河东）。卫青大破匈奴单于的主力，捕斩匈奴兵一万九千多人，烧毁了赵信城中的匈奴积粮。霍去病率领的东路军北上两千多里，大败匈奴左贤王，粉碎了他的主力，斩获七万多人。

这次战役，匈奴损失惨重，大伤元气，再也无力骚扰汉朝边境了。汉军凯旋，京城百姓与朝中百官几乎倾城而出迎接，庆祝抗击匈奴的辉煌胜利。汉武帝令卫青和霍去病共掌大司马之职，担负全国军事重任。

在围单于之战后十四年，卫青去世。汉武帝十分惋惜，为表示对他的敬重，命人将他埋葬在自己陵墓

（皇帝的陵墓在死前就早已建成）的旁边。

◆卫青从一个奴隶成长为一位大将军，不愧是中国历史上有影响的军事活动家。他经过十几年的对匈奴的作战，为国家扫除了边患，保证了内地人民的安全和生产的发展，他的功绩是无法估量的。

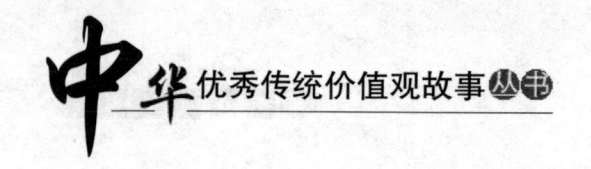

4. 汉代抗击匈奴的名将霍去病

霍去病,汉族,河东郡平阳县(今山西临汾西南)人。中国西汉武帝时期的杰出军事家,是名将卫青的外甥,任大司马骠骑将军。好骑射,善于长途奔袭。霍去病多次率军与匈奴交战,在他的带领下,匈奴被汉军杀得节节败退,霍去病也留下了"封狼居胥"的佳话。

霍去病(前140—前117年),西汉河东郡平阳(今山西临汾县)人,是大将军卫青的外甥。他在幼小的时候,就立志学武,勤学苦练,精通了骑马、射箭、击刺等各种武艺。年仅十几岁的霍去病,就已经是一位技艺超群的武士了,得到汉武帝的赞赏,派他做侍中(即为皇帝身边的警卫军官)。

西汉朝多次出兵攻打匈奴,在战斗中,涌现出许多杰出的英雄,霍去病就是其中的一个。

霍去病在十六七岁时跟随舅父大将军卫青出塞,与匈奴作战。他在战斗中勇猛善战,多次立功,汉武帝曾授予他"壮士"的称号。二十岁时与卫青等人一起指挥汉朝的几十万大军，多次参加与匈奴的作战，他的一生是在大漠南北的戎马生涯中度过的。

一次，霍去病跟随大将军卫青出塞与匈奴作战。卫青特意挑选了八百名最精锐的骑兵，交给刚刚十八岁的霍去病直接指挥。霍去病年龄虽小，但他率领这八百骑兵，追赶匈奴兵数百里，取得了很大胜利。汉武帝得知消息后，非常高兴，赞扬霍去病说："霍去病斩俘匈奴两千零二十八人，得匈奴的相国、当户等官，还斩杀了单于的祖父辈的首领，活捉了单于的叔父，功冠全军。"

后来，汉武帝任命霍去病为骠骑将军。霍去病又带骑兵一万人，深入匈奴腹地，寻找匈奴主力与之决战。霍去病不怕艰难险阻，闯战了五个匈奴王国，转战六天后，与匈奴主力短兵搏斗。经过苦战之后，杀死了匈奴两个王，俘虏匈奴八千九百六十人，使匈奴的贵族力量受到一次严重的打击。

同年，霍去病又与匈奴交战。他单独率领骑兵，深入敌腹，大获全胜，接受了匈奴投降的兵将二千五百余人，斩杀和俘虏匈奴兵三万多人，而霍去病的军队中兵将的伤亡只不过十分之三。

在汉朝强大军事力量反击下，匈奴贵族势力受到严重挫败，统治机构内部也日益不稳定。匈奴贵族浑邪王决意投降于汉朝，汉武帝便命霍去病带兵前往受降。对这一风险任务，霍去病欣然接受下来。受降的时候，看到浑邪王方面，有人因不愿投降，暗中煽动，蓄意扰乱，霍去病立即挺身跃马驰入浑邪王的阵营，亲自与浑邪王谈判，斩杀了制造动乱的八千多人。他亲自率领投降的匈奴兵四万多人，渡过黄河，回到京城长安。这一无畏行为深受称赞。

汉朝为免除后患，汉武帝曾派大将军卫青和骠骑将军霍去病率领大军，分东西两路，越过瀚海大沙漠，进击匈奴的腹地。霍去病带精锐骑兵五万，北上行军两千多里，大胆使用投顺汉朝的匈奴人，充分利用各方面的有利条件和将士的特长，轻装跃马，取得了节节胜利。在这次战役中，与匈奴主力一直鏖战到黄昏，赶走了单于，捕斩匈奴兵将一万九千人，缴获了许多军需物资，打垮了匈奴的主力，使匈奴几乎全军覆没。霍去病就是这样在戎马生涯中度过他的一生的。

当年武帝因他战败匈奴有功，为他造了一所豪华的住宅叫他参观一下是否满意，他却说："匈奴未灭，何以家为！"（匈奴还没有消灭，怎么能先考虑和安排自己住房这类私事呢？）

霍去病在西汉王朝反击匈奴的战争中做出了巨大的贡献，可惜在二十四岁时不幸病逝。送葬时，护送他灵柩的队伍排得很长很长,从长安一直到茂陵墓地。汉武帝极为哀痛,还为他建筑了一座形状像祁连山的坟墓,以示纪念。霍去病的坟墓,今天依然矗立在陕西省兴平市汉武帝茂陵墓的旁边。它使我们常常追忆起这位西汉年轻将军的赫赫战功。唐代的伟大诗人李白曾有诗赞颂这位"霍嫖姚"(霍去病)的丰功伟绩:"严风吹霜海草雕,筋干精坚胡马骄。汉家战士三十万,将军兼领霍嫖姚。流星白羽腰间插,剑花秋莲光出匣。天兵照雪下玉关,虏箭如沙射金甲。云龙风虎尽交回,太白入月敌可摧。……"

◆ "匈奴未灭,何以家为"这句话,成为我国历史千百年来用以歌颂忠诚爱国将士的一句名言。可见,霍去病为国忘家的爱国主义精神。

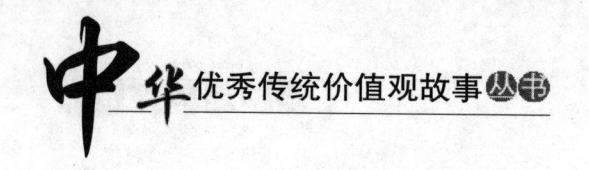

5. 出使西域的班超

班超，字仲升，汉族，汉扶风平陵（今陕西咸阳东北）人。是东汉著名的军事家和外交家。班超为人有大志，不修细节，但内心孝敬恭谨，审察事理。他曾出使西域，为平定西域，促进民族融合，做出了巨大贡献。

班超是东汉初期人，出身于书香门第。他的父亲班彪，是当时的史学家，曾经续补过司马迁的《史记》，又作《后传》六十五篇。他的哥哥班固续承父志，用毕生精力，在《后传》基础上，编写《汉书》。他的妹妹班昭（嫁给曹寿，因此又称曹大家）又继续长兄遗业，最后完成《汉书》。班超也博览经史，很有学问。他性格坚毅，胸怀大志，时刻想着为国家建功立业。

他的哥哥被朝廷召用做校书郎，因此他与母亲一起都迁往京城居住。由于家境不宽裕，班超不得不常给官府抄写文件，得些报酬来维持生活。当时北匈奴时常侵扰汉朝边境，由西汉时张骞开通的与西域的交往也已经断绝了五十多年，班超对国家的这些问题感到忧虑不安。

一天，班超忍不住心中的烦闷，将笔一扔，站起身来感叹道："大丈夫应该像张骞那样，立功于异域，以获封侯，怎能将一生消磨在笔砚之间呢！"他不久就真的报名参了军，从此开始了一生的戎马生涯。

汉明帝时，班超以假（临时）司马之职，跟随奉车都尉出征，经酒泉、敦煌、张掖至天山，攻击北匈奴呼衍王，一直追到蒲类海（今新疆巴里坤湖），在这次战役中，班超作战勇猛，杀伤敌人很多，而且显露了卓越的军事组织才能。窦固很赏识他的才干，因此派他与郭恂带领三十六人出使西域。

班超一行首先到了鄯（善国，在今新疆鄯善县）。鄯善国王一开始对他们礼貌、热情，可是过了一些日子就突然冷淡、疏远起来。班超觉得其中必有缘故，可能是北匈奴的使者也到了这里，才使鄯善国王犹豫不决，态度上也有了变化。于是就将鄯善国派来侍奉的人叫过来，诈问道："匈奴的使者已经来了多日，现在住在哪里？"侍奉的人以为班超都知道了，就将匈奴使者的住处告诉了班超。班超就将他禁闭了起来，然后召集三十六名随行人员共同饮酒，乘着酒兴，激发众人说："大家跟我来到西域，都想立大功，求得富贵。现在匈奴使才到数日，鄯善国王就对我们不大礼貌了，如果他一旦将我们抓起来送给匈奴，我们的尸体就将喂豺狼了。我们现在该怎么办才好？"

众人都说："现在我们处于生死之地，就听您司马安排了！"

班超于是说："不入虎穴，焉得虎子？当今之计，只能乘夜间用火攻击匈奴使者，让他们不知我们有多少人，惊慌失措，我们趁机将他们全部消灭。消灭他们之后，鄯善国王必然恐惧，我们就可以大功告成了。"

有人提议说："这事应该同郭恂商量一下才好。"

班超不高兴地说："事情吉凶就决定在今夜。郭恂是个文吏，听到我们的计划后一定害怕，不免要泄露出去，使我们白白地死去，这不是壮士的做法。"说完就带领三十多人奔往匈奴使者的营地。

那天夜里正赶上有大风。班超命令十个人带着鼓藏在敌人营帐后面，告诉他们说："一见火起，就击鼓喊叫。"又命令其余的人带着刀剑在门前两侧埋伏。然后班超顺着风势放火，前后的人都击鼓呐喊。匈奴人惊恐慌乱，不是被烧死，就是被杀死，全部被消灭。第二天，班超见鄯善国王，将匈奴使者的头拿出给他看，鄯善国王十分害怕，表示归顺汉朝，并将儿子送给汉朝做人质。

班超取得成功后，就还报窦固。窦固一听，非常高兴，就向朝廷上报，一是为班超请功，同时请皇上再改派一个使者出使西域。汉明帝给窦固下诏书说："有像班超这样的人，为什么不继续派遣而另外找人呢？今命班超为军中司马，继续完成使命。"班超于是再度接受出使西域的使命。窦固想给他增加兵力，但班超说："有原来跟从的三十多人就够了。如果人多了，一遇到意外之事，反倒麻烦。"

班超一行人第二次出玉门关，经过鄯善国，来到于阗国（在今新疆和阗一带）。当时于阗国已经归顺匈奴，匈奴派有使者在那里监护，所以于阗国王广德对汉朝使者颇为冷淡怠慢。当地的风俗迷信神巫，神巫的旨意是无人敢违抗的。一天神巫对于阗王广德说："神对你发怒了，神下旨说：为什么想要归顺汉朝？汉使有匹黑马，立即把这匹马弄来杀掉祭我！"广德害怕上神会惩罚自己，就派人向班超请要黑马。班超知道这是匈奴人在暗中通过神巫捣鬼，就假装答应下来，但要求神巫自己来取马。使者回去不一会，神巫就来了，班超手起刀落，就斩下了他的头，送到广德宫中，并且谴责了广德背汉而归顺匈奴的行径。广德早就听说过班超在鄯善国的英勇行为，今天又见他杀了神巫，十分害怕，就派兵进攻匈奴使者的住处，将他们全部杀死，表示归顺汉朝。班超于是将带来的珠

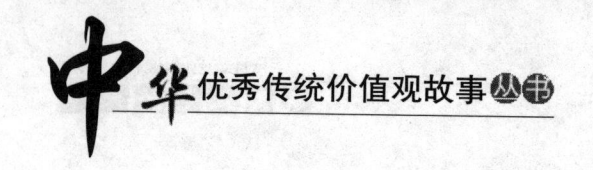

宝、丝织品送给了广德及其手下大臣。

班超又相继安抚了疏勒、焉耆、莎车、龟兹、姑墨、温宿等西域诸国，西汉末年以来堵塞了数十年的交通，又得以畅通，中原地区和西域的经济、文化的往来，又重新活跃、发展起来。

班超自四十岁出使西域，匆匆已过三十一个年头，由一个健壮的中年汉子变成了满头白发、体弱多病的老年人。他思乡心切，上书请求生前能够"目见中土"，"不敢望到酒泉郡，但愿生入玉门关"。他的妹妹班昭也上书，请求让遍体伤痕的哥哥早日回到故土。汉和帝很受感动，下诏让班超回京。七十一岁的班超，回到京城后不到一个月，就与世长辞了。后人为了表示对他的敬仰，在他的家乡建立了祠堂，永远纪念他。

◆班超奋斗了一生，终于实现了为国家建立功业的大志。他所建树的丰功伟绩，将在中华民族的历史上永远放射着璀璨的光芒。

6. 东晋北伐名将祖逖

祖逖，字士稚，汉族，范阳遒县（今河北涞水）人。北州旧姓，东晋初期著名的北伐将领。著名的"闻鸡起舞"就是他和刘琨的故事。

祖逖，字士稚，西晋时范阳郡遒县（今河北涞水北）人，先代为名门望族。祖逖年轻时就胸怀大志，性格豪爽，喜欢广交朋友。他与好友刘琨曾同在地方上做小官，同床共枕。祖逖在半夜一听到鸡鸣，就将刘琨踢醒，说："你听，这啼声倒不讨人厌呀。"于是二人起床，到院中舞剑习武。二人还常讨论国家大事，共勉将来为国家多出力。

当时正处于西晋末年，朝廷政治极端腐败，皇室中八个藩王为争权夺利而发动战争，一闹就是十几年，虚耗了国力。而这时北方的匈奴族刘聪和羯族的石勒乘机崛起，起兵反晋，相继攻入洛阳和长安，俘虏了晋怀帝和晋愍帝，灭掉了西晋王朝。

西晋灭亡，胡人南侵，士大夫和百姓如潮水一样

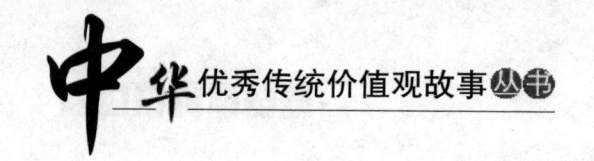

涌向江南避难。祖逖也随着同族的人流车队向南迁徙，一路上自己徒步行走，让出车马供老幼乘坐，还把药物、衣食拿出来帮助族人，加上又有谋略，族人都拥戴他做"行主"。到了泗口（在今江苏淮阴），元帝司马睿闻祖逖名声，任他为徐州刺史、军谘祭酒。

祖逖将家安置在京口（今江苏镇江）后，就集合了一批勇士，加以操练，准备将来北伐。他到当时京城建康（今南京）向司马睿建议："由于皇室的内乱，使外族乘机侵入，给中原带来灾害。现在沦陷区的人民遭受了很深的苦难，都想起来反抗，如果您能下令出兵，派像我这样的人去收复黄河以南的大片土地，各地的爱国人士一定会纷纷响应的。"司马睿本来没有北伐的决心，但迫于当时朝野的呼声，就姑且命祖逖为奋威将军，兼豫州刺史，只拨了一千人的给养和三千匹布给他，让他自己去招兵。

祖逖只好在族人中挑选了一百多人，加上原来身边的勇士，组成一只精锐的队伍，挥师北伐。当乘船渡江时，他面对浩渺的江水，想到了北方沦陷的一片大好河山，于是敲着船桨发誓说："我祖逖如果不能肃清中原之敌，誓不再过长江！"到了淮阴后，就起炉炼铁，制造武器，又招募了两千多人，然后继续向北进发。

祖逖到了中原，依靠那里的人民和抵抗刘聪、石勒的武装力量，初步站住了脚跟。不久，石勒命石虎率领五万大军渡河南侵，祖逖寡不敌众，退守寿春。石虎便留下部将桃豹守陈川蓬陂城（今开封西北），带兵北归。第二年，祖逖派部将韩潜攻打蓬陂城，占据东台，而桃豹仍据西台。韩潜的人从东门进出，桃豹的人从南门进出。双方相持了四十天。祖逖让他的部下用布袋装上土，看上去像是米袋子一样，然后派一千多人将土袋子运上东城。又派几个人运送一些真米袋，并且故意在半路上休息。桃豹的士兵见机追上来，抢走了米袋子。桃豹的士兵早就断了粮，得到了米，误以为祖逖的粮食充足，因此军心动摇起来。石勒的人就派了一千头驴子运送粮食接济桃豹。祖逖早已预料到这一点，并派人侦察得清清楚楚，就派韩潜和另一路将领冯铁在汴水旁将粮食全部截夺下来。桃豹吓得连夜逃跑，退守东燕城（今河南延津）。祖逖又派韩潜跟踪前进，驻扎在封丘县。祖逖坐镇雍丘（今河南杞县），不断打击敌人，敌军中士兵陆续向祖逖投降的很多。经过两年多的艰苦奋战，黄河以南的土地完全收复了。祖逖功绩卓著，朝廷封他为镇西将军。

　　祖逖在部队里，与将士们同甘共苦，生活节俭，省下来的钱尽量帮助别人。他安置新归附的人，奖励农业生产。他自己从来不置家产，家中子弟都参加农业生产。他还组织人埋葬道路荒野中无人收取的尸

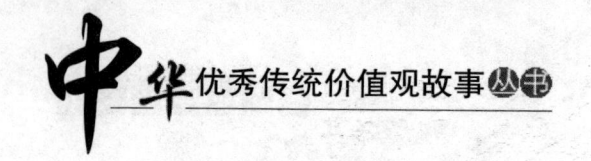

骨。百姓对他的恩德感激不尽，歌颂他说："幸哉遗黎（活下来的百姓）免俘虏，三辰既朗遇慈父。玄酒忘劳甘瓠脯，何以咏恩歌且舞。"

北方的石勒不敢再南犯。然而祖逖并没有因此而满足，不久进驻武牢城，城北就是黄河。可是这时，司马睿听信谗言，怀疑祖逖有异心，就派人前来监视他。祖逖因此忧郁成疾，不久就离开了人世，这年他才五十六岁。

◆祖逖北伐战争，是中国战争史上第一次北伐。祖逖虽未能收复失地，但他的爱国主义精神将和宗泽、岳飞、文天祥、于谦等人一样，永远留在人民的心中。

7. 中国巾帼英雄第一人冼夫人

冼夫人，原名冼英，生活于梁、陈、隋三个朝代，是我国闻名的俚族女首领。她一生致力于维护祖国统一和民族团结，反对叛乱掠夺和贪暴，高瞻远瞩，有勇有谋，是一位卓越的女政治家和军事首领，保持了岭南一百一十余年的和平稳定，促进民族的融合和地方经济发展。周恩来总理曾称她是："我国历史上巾帼英雄第一人。"

冼夫人，出生在广东的一个俚族首领的家庭。她一生都为国尽忠尽力，从梁武帝时一直到隋文帝建国，立下了不朽的功勋。她历经三朝，饱尝艰辛，成为人们歌颂的一位女英雄。

俚族是我国古代的一个少数民族，东汉到隋唐时期生活在湖南、江西、广西、广东等省区的边境。冼夫人出生时，正值我国南北朝时期。她在年轻时就非常精明能干，而且会领兵打仗，还很有谋略，百姓们都非常敬佩她。她还经常为百姓做好事，得到了百姓

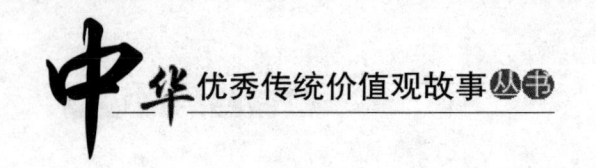

们的交口称赞，因此俚族人都愿意听她指挥。

梁朝末年，统治阶级内部发生了"侯景之乱"。侯景到处烧杀掠夺，长江下游地区受到了极大的破坏。一些地方官也乘机想要割据称雄。有的地方官便暗中积极招兵买马，准备叛乱。高州（今广东阳江西）刺史李迁仕反叛了。冼夫人带领一千多人挑着担子，假装去高州送礼，这样蒙骗了李迁仕，进了城，袭击了他的官府。李迁仕仓皇应战，大败而逃。冼夫人出其不意，一举粉碎了叛乱者的阴谋。

到了陈朝时，又有一广州刺史，名叫欧阳纥的人，也阴谋发动叛乱。他为了想争取俚族的支持，便派人把冼夫人的儿子冯仆招来，要求冯仆与之共同起兵。冼夫人知道了这件事，便坚定地表示："我为国忠贞，已历经两代，不能为儿子而负了国家。"她毅然决然地发兵保卫边境以抵挡叛军的进攻，率领俚族的首领们与朝廷派来的将军们一道，内外夹攻，很快就击溃了叛军。欧阳纥也被活捉了。

不久，隋朝灭掉了陈朝，国家又重新统一起来了。当时由于冼夫人劳苦功高，岭南地区的几个郡都推举冼夫人为领袖，号称"圣母"，以保境安民。冼夫人看到了祖国支离破碎的山河又重新统一安定起来，心里非常高兴，欣慰地归附于隋朝。

不久，番禺（今广东番禺）的少数民族首领王仲宣起兵反隋，许多少数民族首领也跟着响应。他们围困了广州城。冼夫人闻讯，立即派她的孙子冯暄带兵前去平叛。但是冯暄和叛军中的一员部将有旧交，他就故意拖延不出兵。冼夫人知道后，大怒，派人把冯暄抓了起来，关在狱中，又派另一孙子冯盎出兵讨伐。冯盎大获全胜，进兵到了广州城郊，同隋朝的援兵会合，打败了叛乱者的首领。冼夫人亲自披着铠甲，骑着高头大马，打着锦伞，率领骑兵。各州的少数民族首领都前来拜见冼夫人。岭南地区又重新安定下来。此时，冼夫人已有七十多岁了。隋文帝得知冼夫人的事迹，又惊又喜，册封她为谯国夫人，还设置了谯国夫人将军府，府中增设了官吏。还授给她大印，如果有紧急情况，她就可以调动所辖地区的六个州的兵马，不必等待朝廷的命令。隋文帝在表彰冼夫人的功绩时说："夫人一心为国，深明大义，击败叛军，立了大功。"冼夫人还经常教育子孙们要尽心为国，忠于汉家朝廷。

冼夫人关心百姓，对压榨百姓的暴吏非常痛恨。有一广州总管叫赵讷的人，平时贪财暴戾，压迫百姓，俚族等各族人民无法忍受他的压榨，都纷纷反抗逃亡；冼夫人立即派人到长安（今西安）去见隋文帝，指出这个暴吏的罪状，隋文帝经过调查，证实了赵讷的贪赃受贿、破坏汉族与少数民族团结的事实，

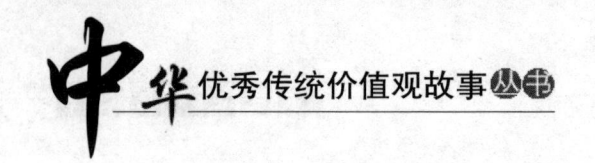

依法将他处死。各族人民都拍手称快。隋文帝又一次嘉奖了她，此时她已是八十高龄了。

后来冼夫人逝世了，隋文帝赐予许多丝织品为她送葬，谥她为诚敬夫人。广东、广西和海南岛，都建立了冼夫人庙，有些地方，一个县就有十几处到二十几处。人们以此来纪念这位维护国家统一和民族团结的女英雄。北宋大诗人苏东坡曾为冼夫人题诗一首，盛赞了这位烈女英雄："冯冼古烈妇，翁媪国于兹。策勋梁武后，开府隋文时。三世更险易，一心无磷缁。"

◆冼夫人一生不遗余力地协助朝廷剪除地方割据势力。惩治贪官污吏，革除社会陋习，以促进民族融合和推动社会文明进程。她事国以忠，亲民以德，行政以仁，治兵以义，因此恩播百越，威震南天，而深受人民爱戴。她的子孙们相继为祖国的和平统一和民族团结尽心尽力，成为南朝梁、陈及隋与唐初稳定珠江流域政治局面的主要支柱，为岭南地区社会相对百年的稳定和经济发展做出了巨大贡献，是爱国主义典范。

8. 铁骨鸿儒颜杲卿

颜杲卿,字昕,唐朝长安万年人,和颜真卿同为颜师古五代孙。安史之乱时,与其子驻守常山,宁死不屈,终被杀害。

唐朝人颜杲卿,琅玡临沂(今山东临沂县)人,与大书法家颜真卿是堂兄弟。他性情刚直,有气节,是一位具有铮铮铁骨的爱国英雄。

颜杲卿任常山太守时,安禄山与史思明叛唐造反,南下经过常山。为了保存实力,颜杲卿与同事袁履谦假意在路上迎接。安禄山赐给颜杲卿紫袍金印,赐给袁履谦绯袍,命令颜杲卿仍守常山;但又怕他事后变卦,便把他的孙子带走当人质。

叛军走后,颜杲卿便与袁履谦、参军冯虔、真定县令贾深、内邱县尉张通幽等人,一起商讨谋划,准备组织兵力讨伐叛贼。

从此颜杲卿佯装有病,派他的儿子泉明前往计

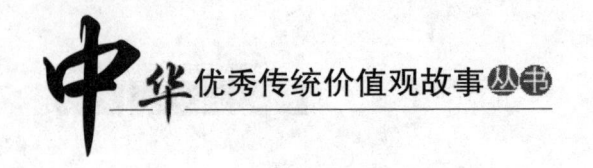

议。又与太原尹王承业秘密联络，让他作为内应。当时颜真卿在平原，料到安禄山要造反，已早有防备。现在他派外甥卢逖到常山，与杲卿联系，悄悄地约杲卿联合起来阻断安禄山归路。杲卿得此消息，十分喜悦，认为从两方夹攻，可挫败叛贼西面阻力。趁安禄山的金吾将军去幽州征兵未回的机会，以安禄山的名义通知井陉守将安禄山的养子李钦凑，要他率本部将士来常山郡城接受犒赏。一天，李钦凑率领大军到时，恰恰是薄暮，杲卿故意说夜间不开城门，叫军队驻扎在城外。他派履谦等人抬着酒食，领着一班乐工和歌妓舞女到李钦凑军中慰问。李钦凑及其同伙不知是计，一个个心花怒放，尽情吃喝玩乐，喝得酩酊大醉。袁履谦上前一把揪住李钦凑，一刀砍下了他的脑袋，又杀了他的大将潘惟慎，歼灭和遣散了全部叛军共七千人，他们高兴得热泪盈眶。

不久，安禄山的大将高邈从幽州返回，颜杲卿又派冯虔在藁城附近擒拿了他。

原来给安禄山做过副将的何千年从洛阳来，颜杲卿派人迎接，并找机会逮捕到常山城里。何千年就在此时投降了颜杲卿并献上了讨贼的计策，他说："这个地方兵力太弱，应该深挖沟、高垒墙，坚守不战，等朔方军到后再合力打击叛军；并要通知赵郡和魏州方面掐断燕、蓟要冲……"颜杲卿很高兴地采用了他的计策。

依据何千年的计策，颜杲卿还大张旗鼓地宣扬："李光弼领一万人马将要出井陉。"接着又派人放出风声去围困饶阳的叛军主将张献城说："足下领了一些团练，连个正规军队也没有，又没有很好的装备，难以挡得山西来的精锐军力。"张献城果然吓得不战而溃散。接着，颜杲卿特意派人去慰劳守饶阳城的将士，将士们深受鼓舞。同时，又派崔安石等人到各郡去宣讲："大军已经从井陉出发，早晚就到，先收复河北各郡，首先脱离安禄山的有赏，迟一步的只能按律处死！"这样一来，那些受蒙蔽的各郡官兵很快反应过来，河北十七郡都响应和归顺了唐朝，合起来总兵力达到二十多万人，取得了节节胜利。

有一天，颜杲卿派他的儿子颜泉明等人去长安报捷，要献上李钦凑的人头，解送何千年、高邈等罪犯到朝廷去。经过太原时，好大喜功的王承业想夺杲卿的功劳，派人扣押了颜泉明等人，重新起草了颜杲卿的奏章，把河北各郡起义的功劳归于自己，还说颜杲卿"不明大义"，曾接受安禄山紫绶金印的赏赐。于是他一面假惺惺地款待泉明，打发他们回去，由他通报；一面偷偷地命令他手下的壮士翟乔在半路上劫杀他们。但翟乔很讲义气，他不愿干这种伤天害理的事，将王承业的阴谋全部告诉了颜泉明等人，他们才

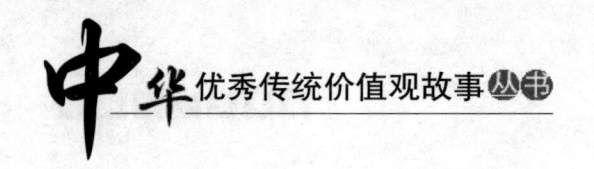

幸免于难。王承业因此被提升为大将军。后来真相大白。

那时颜杲卿起兵才八天，准备不足，兵员又少，寡不敌众。史思明率兵攻到城下，杲卿向王承业告急，请求援兵。可是王承业巴不得城被攻陷，故意拥兵不救，而且连个回话也没有。杲卿督励将士，昼夜抵抗，顽强地坚持了六天六夜，终于矢尽粮绝，常山城失守。一万多将士被杀，颜杲卿及袁履谦等不幸被俘。

叛军将领对颜杲卿软硬兼施，逼他投降，杲卿宁死不从。叛军把他的小儿子颜季明抓来，把刀放在季明的脖子上，威胁杲卿说："如果你投降，就留你儿子一条命；要不然，就立刻宰了这个小杂种！"杲卿仍然一声不吭。于是叛贼残忍地杀害了他的儿子。然后把颜杲卿和他的家属及袁履谦等人，装上囚车，押到洛阳，让安禄山亲自处理。

到了洛阳，安禄山叫人把颜杲卿带到大堂上，他亲自审问说："我当初上表给朝廷，你才当上了判官，后来又提拔为太守，有什么对不住你，你为什么要反叛我呢？"杲卿瞪圆双眼，指着安禄山的鼻子骂道："你本是个牧羊牧，朝廷委派你担任了三镇节度使，这是多么大的恩宠和幸运，朝廷有什么对不住你，你却反叛？我是唐朝臣子，俸禄、官职，都是唐朝廷给的。虽说你推荐过我,难道就要跟你叛变吗?我为国家讨伐叛贼,恨不得立时杀了你,我这叫什么反叛?你这条臊羯狗,要杀就快杀吧!"

安禄山挨了这顿讥刺、辱骂,火冒三丈,暴跳如雷,他命令士兵把颜杲卿押上街头,绑在天津桥的桥柱上,叫刽子手割掉了杲卿的舌头,还恶狠狠地说:"看你还能骂人吗?"只见鲜血从颜杲卿的嘴里不停地流出来,可是他仍骂不绝口,只是声音变得含混不清了。凶狠残暴的安禄山,命令刽子手把颜杲卿一刀一刀地剐死了,接着又把颜杲卿和袁履谦的家属三十多人都屠杀了。

◆铮铮铁骨的爱国英雄颜杲卿,就这样惨死在叛贼的屠刀下,他一身正气,威武不屈,为人民所赞颂。

9. 盛唐传奇大将郭子仪

郭子仪，唐代著名的军事家。戎马一生，屡建奇功，以八十四岁的高龄才告别沙场。举国上下，享有崇高的威望和声誉。

郭子仪，唐代华州郑县（今陕西华县）人，出身于官吏家庭。他从小酷爱兵法，并勤练武功，立志做一名卫国的将领。考中武举人后，任左卫长史，并因屡立战功，历任太守、节度使、兵部尚书等要职，为维护国家的安定统一做出了卓越的贡献，是唐代中期的著名将领。

唐玄宗时，为了加强边防，设置了拥有兵权的十个节度使，其中安禄山任平卢（今辽宁朝阳）、范阳（今北京）、河东（今山西太原市西南）三镇节度使，权力最大。安禄山的父亲是西域人，母亲是突厥族人。安禄山野心勃勃，然而唐玄宗对他却十分宠爱和信任，毫无警惕。当时杨贵妃的哥哥杨国忠把持朝政，为非作歹，引起全国上下的极大不满。安禄山认为时机已到，便以讨伐杨国忠为名，于公元755年与部将史思明等率领十五万大军背叛唐朝，长驱南下，并很快渡过黄河，占据了洛阳，自称为大燕皇帝。历史上称此为"安史之乱"。

安史之乱无疑对唐王朝构成了致命的威胁，唐玄宗立即组织兵力抵抗。郭子仪被玄宗任命为朔方（治所在今宁夏灵武）节度使，率军讨伐叛贼，先后杀死了安禄山的部将周万顷，击败高秀岩，收复了云中、马邑等郡。朝廷加授郭子仪为御史大夫。

第二年初，史思明攻打河北。常山郡太守颜杲卿起兵抵抗，不幸战败被俘，附近郡县纷纷投降叛军。朝廷命令郭子仪前往平定，并让他挑选一名善战的将领。郭子仪选中了李光弼。李光弼当初与郭子仪都是驻守朔方郡的将领，可是两人互不服气，有时同在一桌吃饭，只是用眼睛扫对方一下，从来不说一句话。这次郭子仪作为朔方节度使挑选了李光弼，李光弼自然害怕他借机报复，因此出发前对郭子仪说："我死了倒没什么，只请求能保全我的妻子儿女。"郭子仪见他误解了自己，便流着泪抱住李光弼说："现在叛贼猖獗，国难当头，我们要同心协力。平定河北，没有将军是不行的，怎敢记私仇呢！"李光弼听了深受感动。两个人扶着手相互下拜。二人合力出师，攻克了

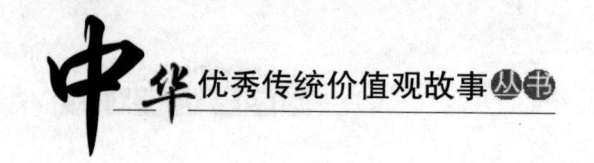

常山郡，又在九门（今河北正定县西）大败叛军。

在回师常山郡的路上，史思明率五万叛军随后追赶，官军行动他们也行动，官军休息他们也休息。郭子仪就选派了五百勇敢善战的骑兵，轮番与叛军挑战。连续三天，叛军被折腾得疲惫不堪，想要退却。这时郭子仪乘势回军攻击，在沙河大败叛军。安禄山接到史思明战败的报告，就给他增派了精兵。等官军到达恒阳（今河北曲阳县）时，史思明又跟踪而至。郭子仪就命部下筑起营垒自卫，叛军来了就固守，叛军退了就出击，晚上还派小股部队偷袭，用疲劳战术使叛军日夜不得休息。这样过了几天后，李光弼对郭子仪说："贼兵已经疲惫了，可以打了。"于是郭子仪、李光弼与部下仆固怀恩、浑释之、陈回光等，率军从营中奋勇杀出，将叛军打得大败，斩杀四万，生擒五千，夺得五千匹战马。史思明吓得从战马上跌下来，头盔丢了，靴子也掉了，光着脚仓皇逃走。从此郭子仪的名字被人们传颂开了。

这时，唐将哥舒翰被叛军打败，潼关失守，长安危在旦夕，玄宗逃往成都。不久太子李亨在众将支持下，在朔方灵武即皇帝位，这就是唐肃宗。长安已经落入叛军之手，为了夺回长安，肃宗诏令郭子仪班师，郭子仪与李光弼便率五万人马赶到灵武。肃宗提升郭子仪为兵部尚书，兼任朔方节度使，命他进攻潼关。第二年三月，郭子仪联合当地军民，大败叛军，收复了潼关。

这时，安禄山死去，唐朝廷准备发动大规模反击，任郭子仪为司空、关内河东副元帅，进军收复长安、洛阳。

这年九月，随元帅广平王（肃宗太子）率兵十五万进攻长安。回纥（当时少数民族）派叶护太子率领四千骑兵前来助阵讨叛贼。郭子仪宴请叶护太子，共同立誓解救国难，相处很融洽。郭子仪奉广平王之命统帅中军，同叛军会战，官军结阵三十里。十万叛军在北面列阵，首先向官军发动攻击，官军阵脚被冲乱。此时唐军部将李嗣业奋勇向前，擒杀十多个叛军骑兵，官军才稳住阵脚。回纥骑兵绕到了叛军阵后攻击，叛军大乱。双方从中午杀到黄昏，官军斩杀叛军六万人。驻守长安叛将张通儒听说战败，连夜逃走。第二天，广平王进入长安。城中老少夹道欢呼，流着泪说："想不到今天还能见到官军。"

这年十月，叛军主力集结在陕州（在今河南陕县），靠山结阵，对抗官军。郭子仪到陕州后，指挥大军在正面攻打，让回纥骑兵登山从敌军背后袭击。官军在正面打了一阵，眼看支持不住了，回纥骑兵在敌军背后突然出现，连射十几箭，叛军惊呼："回纥来了！"顿时大乱。郭子仪乘势挥军猛攻，叛军被杀得尸

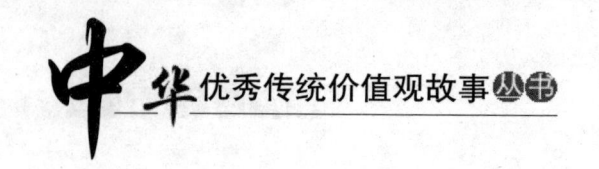

横遍野。叛军残兵败将逃过黄河。郭子仪率军进入东都洛阳，洛阳居民沿路欢呼。这时河东和河西南都已恢复，郭子仪回到长安。肃宗派军队在路上列好仪仗队，并亲自出郊外迎接，慰劳郭子仪说："国家虽是我的国家，却全靠卿来重建。"郭子仪连忙叩头谢恩。

过了数年之后，原属郭子仪的部将，铁勒族人仆固怀恩，因不满意唐朝对他的待遇，就欺骗吐蕃人和回纥人说郭子仪已经被杀害了，联合他们叛唐。他率领吐蕃、回纥几十万大军，进攻长安。他虽然在途中得急病死去，但吐蕃和回纥大军继续进发，一直打到长安附近的泾阳。这时广平王李豫已继位做了皇帝，这就是唐代宗，他再次任命郭子仪为关内副元帅，前去迎敌。郭子仪在此之前因受谗害，已罢官，因此身边只有数十人，奉命之后只好在路上临时招收兵马，到了泾阳时，还不足一万人马。

郭子仪到了前线，亲自带着两千骑兵在阵前走动。回纥人看到了，就问官兵："这位将军是谁呀？"官兵说："这是郭令公（对郭子仪的敬称）呀！"回纥人说："令公还健在吗？仆固怀恩说天可汗（指唐朝皇帝）已去世，令公也已去世。中原无主，所以我们才跟他来的。如今令公还健在，天可汗还健在吗？"官兵说："皇帝万寿无疆！郭令公还健在。"回纥人说："仆固怀恩欺骗了我们！"郭子仪派人开导他们的头领们说:"诸位将领当年远涉万里,来帮助我们平定安、史叛乱,当时郭令公和诸位同甘共苦的情景,怎能忘记呢!如今诸位忽然抛弃了老朋友,去帮助叛臣,多么不明智啊!何况仆固怀恩这种人连主子都能背叛,母亲都会抛弃,对你们还会有什么好心眼?"回纥头领说:"我们以为令公去世了,否则,怎么会到这里来!令公真的健在,能让我们见见面吗?"

郭子仪准备去和他们见面,部将怕生意外,就加以劝阻。郭子仪便说:"敌人比我们多出十几倍,要拼兵力我们是根本不行的。我只要与他们至诚相见,会感动他们的。"部将请他挑选五百骑兵跟随,子仪不赞成,只带了几十骑兵向回纥军缓缓走去。回纥人还不相信,就拉满弓,搭上箭等待着。郭子仪走近,脱下头盔,向回纥人招呼说:"大家好吧?我们一向同忠义,何至于这个样子?"回纥人于是丢下武器,下马齐拜,说:"真是我们的大父啊!"郭子仪将回纥头领召在一起,请他们喝酒,送给他们罗锦,像平常一样同他们欢笑交谈。郭子仪对他们说:"吐蕃本是我们舅甥之国(文成公主嫁给了吐蕃王松赞干布),我们没有对不起他们,可是他们却来侵扰,这是背弃了亲戚之义。如果你们乘势杀回马枪,收拾他们,是很容易的事。他们所带的畜群遍布山野,长达上百里,这是上天所赐,不该失去机会。你们帮助我们驱逐吐蕃,

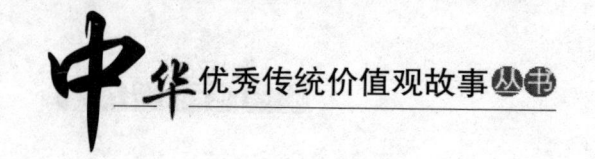

可以借此获利，和我们重修前好，然后凯旋，不是两全其美吗？"回纥人被说通了，就派首领石野那等人入朝。

事后，郭子仪派朔方兵马使白元光率军会合回纥人一齐行动。吐蕃人得知回纥人背叛自己的消息，连夜逃走。回纥人与白元光军追赶，郭子仪也率大军跟上，大破吐蕃十余万人，斩杀五万，生擒一万，救回被他们掠去的四千男女，获取牛羊驼马遍布三百里。

唐德宗继位时，郭子仪奉诏还朝，拜为太尉、中书令，赐号"尚父"。第二年（781年），郭子仪病逝，唐德宗十分悲痛，停止朝事五天。送葬时，唐德宗亲自到安福门送灵柩，痛哭失声，百官及百姓，也都痛哭流涕。郭子仪终年八十五岁，经历了四朝，为国家的统一安定战斗了六十年，鞠躬尽瘁，死而后已。

◆郭子仪戎马一生，屡建奇功，大唐因有他而获得安宁达二十多年，史称"权倾天下而朝不忌，功盖一代而主不疑"。

10. 维护国家统一的颜真卿

颜真卿，字清臣，汉族，唐京兆万年（今陕西西安）人，祖籍唐琅琊临沂（今山东临沂），中国唐代书法家。唐代中期杰出书法家。他创立的"颜体"楷书与赵孟頫、柳公权、欧阳询并称"楷书四大家"。和柳公权并称"颜筋柳骨"。

唐代的颜真卿，是一位大书法家，他的楷书写得十分漂亮，成为人们效法的"楷体"。不仅如此，他一生还为国家统一，反对分裂势力进行了不屈不挠的斗争。

颜真卿二十六岁考取进士，三十九岁时在朝廷担任监察狱史。他办事公正，不畏权贵，因而得罪了当朝宰相杨国忠，被杨国忠排挤到地方上，担任了平原郡太守。当安禄山的阴谋活动刚露出马脚的时候，颜真卿便有所察觉，他估计到安禄山一定会谋反，就暗地里积极地进行着抵抗的准备。有一次，因为连降大雨，平原城墙给冲坏了，河沟堵塞了。趁这个机会，颜真卿叫把城墙修筑得更高更厚更结实，把护城河疏通得更宽更深。他还收集粮食，把仓库装得满满的；训练壮士，教会他们打仗的本领。可是表面上却装着若无其事的样子，经常和文人学士们划着小船游览风景，饮酒吟诗。安禄山曾派密探暗中查访，结果认为颜真卿是位书生，喜欢饮酒作乐，成不了什么气候，因此对他不加提防。颜真卿一听到安禄山发动叛乱，就招募勇士一万多人，竖起讨伐安禄山的大旗。

安禄山打过黄河的时候，把河南留守李憕等三个反对叛乱的爱国官员杀害了。然后，派出他的党羽段子光，带着这三个人的脑袋，到黄河以北各郡县去警告各地官员：如果不赞成他的叛乱，就会遭到同样的下场。段子光来到平原，拿出人头向颜真卿示威。颜真卿为了稳定军心，就假说："我早就认识李憕等三个人，这不是他们的头颅。这是他们用来吓唬我们的。"说罢，当场就把段子光杀了。

唐朝的地方官员中，有不少人是反对安禄山叛乱，维护国家统一的，他们杀掉了安禄山新任命的一些官员，重整了军队。还有好几个郡县的爱国官兵，带着队伍齐集平原城，共推颜真卿为盟主，把军队交给他统一指挥。颜真卿派卢逖到常山，和堂兄颜杲卿商议切断安禄山归路的军事大计。他们制定了铲除李钦凑的行动计划。结果，擒捉了李钦凑，瓦解了他们七千人的军队。接着又取得了一些胜利，给安禄山后方造成了很大威胁。颜真卿在平原困守了一段时间，后来由于兵力单薄，最后被迫放弃郡城，绕道回到凤翔去见唐肃宗。肃宗任他为御史大夫。他秉公办事，厌恶阿谀奉承，得罪了几任擅权的宰相，受到打击和排斥，没掌什么实权，而且三番五次被降职、被调动。

颜真卿七十五岁那年，淮宁节度使李希烈参加藩镇叛乱，派兵四处掠夺，攻陷了汝州（今河南临汝市），打到东京洛阳附近，直接威胁着朝廷。这时候，奸相卢杞因平素厌恶颜真卿，便趁机向唐德宗建议说："颜真卿是朝廷的元老大臣，德高望重，派他去告诫李希烈，叫他不要参加叛乱就是了，可以不必动用军队。"有些正直的大臣识破了卢杞借刀杀人的阴谋，认为失去这样一位有威望的志士，会给朝廷带来耻辱，于是秘密上书，请求留下真卿。昏庸的德宗根本不听，还是决定派颜真卿带着他的旨意去会见李希烈。

颜真卿带着自己的侄子颜岘和随从官吏来到汝州，立即向李希烈宣读唐德宗的诏书。这时候，李希烈的养子们拔出刀来，明亮的刀紧逼着颜真卿，各位将领也都举起钢刀，围着颜真卿破口大骂，颜真卿站在堂上岿然不动。李希烈见他的下马威不灵，就假惺惺地用自己的身子护住颜真卿，挥手示意叫众人退

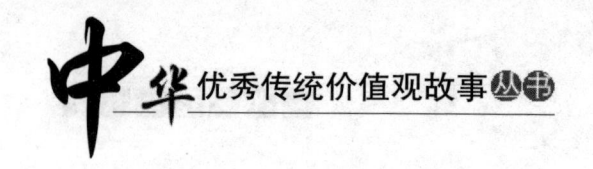

下，然后派人把颜真卿送到馆舍里住了下来。

接着，李希烈逼迫颜真卿给唐德宗写表章，为他反叛行为辩护，并且表示愿意罢兵停战。真卿宁死不从。

李希烈一心想拉拢颜真卿，为自己效力，一计不成，又生一计，派亲信李元平去劝说颜真卿，颜真卿斥责李元平说："你受国家的委托，不能完成自己的使命，居然还要来劝说我！难道认为我没有力量杀死你吗？"李元平碰了一鼻子灰，只好悄悄地溜走了。

不久，河北叛将朱滔、王武俊、田悦和李讷派使者来到汝州，劝李希烈反唐称"帝"，李希烈欣喜若狂。那几个使者，眼睛瞪着颜真卿对李希烈说："我们早就听说颜太师是位德高望重的老臣，恰巧您要称帝的时候，颜太师来到这里，这岂不是老天爷要您正皇帝位吗？您要选择宰相，难道还有比颜太师更合适的人吗？"

颜真卿听了十分气愤，呵斥这帮家伙"什么宰相！你们听说过常山太守颜杲卿没有？他是我的堂兄。安禄山反叛，他首先率领义兵举行起义，后来被害的时候，他痛骂安禄山，被割去舌头，仍骂不绝口。我今年已快八十岁啦，官职为太师，我决心坚守我堂兄的气节，死而后已！难道会受你们这伙叛贼威胁利诱吗？"叛贼们听了这番大义凛然的话，目瞪口呆，不敢再言语了。

李希烈见颜真卿难以制服，就把他拘捕关押起来，命令士兵看守着，还在关押颜真卿的庭院里挖了个大土坑，放风说，准备活埋颜真卿。颜真卿毫不介意。他见了李希烈，轻蔑地说："我的生死全操在你的手心里，何必多此一举。"

后来唐朝将领张伯仪在安州吃了败仗，李希烈让士兵砍下张伯仪的脑袋，拿到颜真卿面前去恫吓。颜真卿见了，恸哭不止，匍匐在地，痛悼这位爱国将领。但仍不屈从。不久，颜真卿被从汝州押送到了蔡州（今河南省汝南县），囚禁在龙兴寺庙里。

颜真卿预料到，自己将被杀害。他给唐德宗写了一封遗表，给自己做了墓志、祭文，还指着囚室的西墙角下对周围的人说："这就是我的墓地了。"

就在这一年，李希烈攻陷了汴州（今河南开封市）。他准备登基称"帝"，派人去请教颜真卿，问"登基"大典的仪式该怎样举行？颜真卿回答说："我曾经主持过国家的大典，现在老啦，只记得诸侯朝见天子的礼节罢了！"

唐王朝为了平定叛乱，重整军队，加强力量，收复了被叛军占领的大部失地。李希烈感到日子很不好过，就加紧逼迫颜真卿。他派遣两个叛将来到囚禁颜真卿的处所，把柴草堆在庭院中，浇上油，点着火，

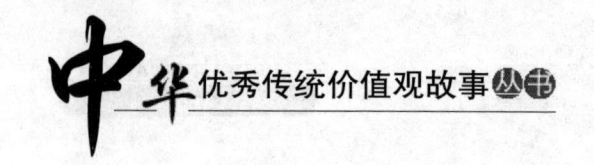

威胁颜真卿说："你要是再不屈服，就立刻烧死你！"颜真卿毫不畏惧，毅然纵身跳入火堆，两个叛将不敢真烧死他，赶紧把他拉了出来。

公元785年，李希烈预感到自己末日已到，决定杀害颜真卿。七十七岁的颜真卿，在叛贼的绞刑下，终于为国捐躯。

◆ 颜真卿刚毅忠诚，威武不屈，反对分裂割据，跟叛贼斗争了半生，不愧是一位维护国家统一的爱国英雄。

11. 唐末农民起义领袖黄巢

黄巢，唐末农民起义的领袖人物。

黄巢，唐代末年曹州冤句（今山东曹县西北）人，生在一个以贩盐为业的富有家庭。当地有尚武风习，黄巢兄弟八人，个个精通武艺；黄巢排行第二，尤其精于骑射、击剑，本领高强。黄巢父亲一生以贩盐为业，但总想改变一下门庭，诱导黄巢苦读经书，走仕进道路。黄巢按照父亲的意愿，经寒窗十载后多次进京赶考，可是官宦之门哪里是为他这样人开的？因此每次都落第。在最后一次落榜后，他看透了唐朝的腐败，放弃了仕进的念头，而且奋笔题诗一首："待到秋来九月八，我花开后百花杀；冲天香阵透长安，满城尽带黄金甲。"这就是有名的《不第后赋菊》诗，表现了黄巢对唐朝政权的蔑视和反抗精神。

黄巢落第后，继承父业，开始贩盐，并且很快成为盐帮首领，结识了许多豪杰。在走南闯北的贩盐生

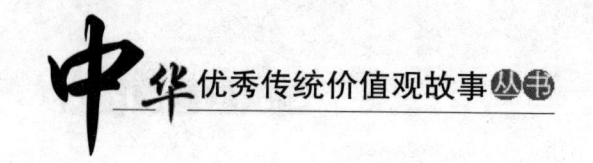

涯中，他更深刻地认识到唐王朝的腐败和地方官吏的残暴，也更加体会到人民所遭受的深重苦难，从而更坚定了自己造反的决心。

　　唐王朝后期，土地兼并日益加剧，土地集中在贵族、官僚手中，成为一处处规模庞大的地主田庄，而农民有半数以上失去了土地，沦为逃户，流落他乡。封建统治者又巧立名目，设立各种赋税徭役，横征暴敛，负担全都压在了农民身上。农民挣扎在死亡线上，吃的是树叶菜粥，为交税还债甚至要典妻卖子。而贫穷的另一方面，统治阶级却在花天酒地，挥霍无度。唐懿宗每月都要举行十多次大型宴会，女儿出嫁时陪送的铜钱有五百万贯，还有金碗银盆，连新房的门窗也要用珍宝装饰。贫富竟如此悬殊！

　　人民是难以忍受了，个个怒火在燃烧。这一年（873年），黄河流域大旱，灾情严重，农民交不上租，可是官府照旧催逼赋税。农民活不下去了，他们在盼望着有人发出反抗的呼声。在这种形势下，黄巢兄弟八人开始秘密准备起事。"金色虾蟆争努眼，翻却曹州天下反"的歌谣，这时也迅速传开，一场革命风暴到来了。然而未等黄巢准备成熟，王仙芝与尚让、尚君长在长垣（今河南，距冤句不远）首先起义，自称"天补平均大将军兼海内诸豪都统"，发布檄文，谴责朝廷奸臣乱政，要求天下公平。黄巢与他的兄弟率领几千人立即响应，不久与王仙芝队伍在曹州会师，攻打州县，很快就汇成了十几万人的浩大队伍。

起义军采取流动作战的方式，打得赢就打，打不赢就走，转战于黄河流域，给予唐王朝以沉重打击。后来，朝廷就采取软的一手，用招降的办法引诱王仙芝。王仙芝动摇了，答应到朝廷去做官。黄巢痛斥王仙芝道："当初打天下，推翻唐王朝的誓言和愿望难道你忘了吗？你现在叛变投敌，怎能对得起同生死共患难的穷兄弟？"并狠狠揍了王仙芝一拳。在黄巢的坚决反对下，王仙芝见众怒难犯，没敢去做官，唐王朝的诱降阴谋失败了。黄巢从此与王仙芝分道扬镳。黄巢率领一部分起义军北上，返回山东，开展斗争。王仙芝仍举棋不足，后来又只好继续率领起义军战斗，不幸于乾符五年（878年）在黄梅（今湖北）战死。五万多起义军壮烈牺牲。王仙芝余部大部分投奔了黄巢，他们和山东、河南一带的起义军一致推举黄巢为起义军领袖，号"冲天大将军"，决心冲垮唐王朝。起义军不用唐朝年号，改元"王霸"，与唐王朝抗衡。

黄巢在中原一带作战中，虽然也取得了一些胜利，但是遭到唐朝官军及地方武装的顽强抵抗和围攻，便决定"避实就虚"，向江南发展。十多万起义军甩开唐军，渡过长江，攻入皖南、江西、浙江，又劈山开路七百里，到达福建，最后沿海南下，于乾符六

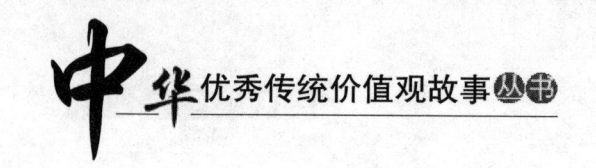

年（879年），进抵并攻克广州，大军发展到五十万人。

在广州，起义军战士不适应当地水土，好多人染上了疫病而死去。军队休整了两个月之后，黄巢以"义军百万都统"的名义发布了北征文告，痛斥唐朝的黑暗统治，声言要进军关中，直捣长安。十月，起义军北上，先攻下桂州（今广西桂林），进入湖南，然后乘木筏沿湘江顺流而下，攻破潭州（今湖南长沙）、江陵，北攻襄阳。遇阻后，又沿长江而下，在淮南大败唐将高骈的军队。起义军迅速渡过长江，攻占洛阳，直抵潼关，威胁长安。

朝廷慌了手脚，急忙派宦官田令孜率领十万禁军开赴潼关。当时禁军士兵多是长安富家子弟，从来没有打过仗，平时只是挂个名领取俸禄。这时听到要集合上前线，父子抱头而哭，不愿出发，就花钱雇用小贩、穷人顶替，这些顶替的人好多连刀戟都拿颠倒了。就是这些人，被赶去防守潼关。潼关的左边有个山谷，本来可以通行，为了防止商人逃关税，官府就把它封起来，称之为"禁谷"。黄巢军到时，官军只知把守潼关，认为禁谷既然经官方禁止通行，黄巢的部队就进不来。可是起义军的尚让、林言率领先头部队绕到禁谷，没费吹灰之力就进了关，然后转到潼关内侧攻潼关。官军全线崩溃，逃回京城焚烧抢劫。

广明元年十二月五日（881年1月8日），黄巢大军纪律严明，浩浩荡荡地开进长安城，将士个个威武，铠甲耀眼，红缨似火，真可说是"满城尽带黄金甲"。尚让沿途向人民宣布："黄王起兵是为拯救百姓，不像李家对你们不体恤，你们尽管安心过日子。"黄巢进城后，在大明宫含元殿登位做了皇帝，定国号为"大齐"。起义军经过七年转战，足迹遍布十三个省，征程数万里，最后终于建立了自己的政权。

可是，黄巢没有及时巩固和发展革命的成果，在战略上有所失误。这时，唐朝各地的旧藩镇势力纷纷起来反对大齐，并打到长安城下。起义军驻守孤城，粮食匮乏，形势紧张。同时，流亡成都的唐僖宗，日夜加紧组织力量，请来少数民族的沙陀军向起义军猛扑。关键时刻，起义军重要将领朱温叛变，长安防线崩溃。

两年后，黄巢只好放弃长安，率领剩余的十八万人马突围东进。在战斗中，重要将领尚让、孟楷相继殒亡。这年（884年）六月十五日，黄巢带家属逃入泰山狼虎谷，六月十七日宁死不屈，拔剑自杀，以身殉节。

由黄巢领导的这场大起义摧毁了腐朽的李唐王朝，打破了唐末军阀割据混战的黑暗社会的僵死局面。为社会由分裂向统一过渡准备了条件，从而推动了历史继续向前发展。

◆黄巢起义虽然失败了，但给了唐王朝以致命打击，唐王朝在二十年后终于灭亡。他们创造的英雄业

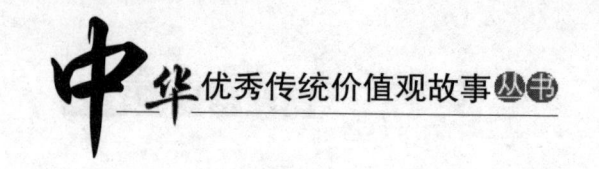

绩，万古流芳，为中国农民战争史写下了光辉的一页。

12. 南宋一代名将韩世忠

韩世忠，字良臣，陕西人，是南宋抗金名将。他出身行伍，勇猛，在与金兵作战中，多次打败金兵，功绩卓著。

韩世忠自幼家贫，好酒尚气，身材魁梧，鸷通过人。十七岁时就应募参加军队，苦练杀敌本领，能挽三百斤的强弓，经常手舞铁槊，奔驰在天郎山的峭壁间，非常勇敢。最初，参加了同西夏的战事，因作战有功，升任为下级军佐。后又以偏将身份参加镇压方腊起义，升为承节郎。而韩世忠的成长和他所建树的业绩，主要是在宋金的长期战争时期。

南宋初年，女真族金国四太子金兀术大举南侵，韩世忠率兵决定与金兵展开决战。他亲自带领八千人驻扎在镇江，以阻击来犯之敌。金兀术企图渡过长江，并派遣使者前来询问，约定战期，韩世忠都给予答复。他对手下的将士们说："这里的地形，只有金山龙王庙地势险要，山高坡陡，敌人一定会登这座山来偷看我方的虚实。"于是，韩世忠派了手下人带领一百多人埋伏在庙里，一百人埋伏在江边，告诉众将士们说："如果听到江中的鼓声，埋伏在江边的士兵先进入山中，埋伏在庙里的士兵接着从里面冲出山来，两军再合力夹击他们，我们必胜无疑。"于是将士们按照他的计划分头行动，只等金兵到来。金兵丝毫没有料到在这荒无人烟的崇山峻岭之中会有埋伏，便毫无戒备地骑着战马来到山中，他们东张西望，力图能探望些什么迹象。正在此时，韩世忠看到敌骑兵已进入自己设的包围圈之中，便下令庙中的伏兵先击鼓，然后冲出，埋伏在江边的士兵听到鼓声大起，也挥刀持箭冲杀出来，一时间，鼓声与喊杀声响成一片。金兵被这突如其来的震天声响吓坏了，慌忙引马后退。韩世忠带军抓住了两个轻骑，剩下的骑兵在慌乱之中大败而逃。在逃跑之时，一人从马上坠下又跳上去，才幸免一死，后来才知，这人便是金兵头子金兀术。

韩世忠这次与金兵交战大胜，极大地鼓舞了将士的勇气。接着韩世忠带着八千人马，决定给予金兵以更沉重的打击。他们扼守着长江，断绝金兵的归路，时刻准备着与金军决一死战。

不久，双方终于在南京附近的焦山相遇了。双方大战于江上，每天交战数十回合，打得金兵恼羞成怒，大喊大叫，而韩世忠的士兵则越战越勇。韩世忠亲临战场，指挥作战，每次出战，他都奋勇当先，以一当十，使金兵望而生畏，闻名丧胆。他的夫人梁红玉还摘下自己的金簪、玉环，犒劳战士；激战时，她也亲手执槌击鼓，鼓舞将士勇猛杀敌。交战之中，金兀术的女婿龙虎大王也被活捉，金兵死伤惨重。金兀术看到这种情况，非常害怕，没有想到韩世忠这位大将这样指挥有方，难以对付。金兀术无奈，愿把掠夺来的财产全部退回给南宋，以此为条件哀求韩世忠放过他们，让他们借路返回。韩世忠坚决不答应。金兀术毫无办法，只得拖着疲惫的兵卒沿着长江逆流而上了。韩世忠紧追不舍，也率兵沿着长江逆流前行，双方边走边打。韩世忠的战船兵舰超出了金军前后数里，敲击木梆的声音通宵达旦，吓得金兵缩成一团，不敢再战。到了黄天荡（今江苏南京附近），金兀术被长期的跋涉和屡次败仗折磨得已窘迫万状，不敢再继续前行了。这样双方相持了四十八天之久。一天，有人向金兀术提议道："老河道如今虽然被湮没堵塞，如果把它凿开，便可以直通秦淮河。"于是，金兀术命人挖这条沟渠，一个晚上的工夫，便挖成了一条三十里长的沟渠。这样可以顺渠急速赶往南京。

此时，韩世忠领兵停泊在金山之下，用铁索贯穿大钩，强健的水兵系好绳索，等待着金兵的到来。金兀术此时还自以为得意，心想我可以神不知鬼不觉地通过沟渠，你韩世忠的兵力再强，到时已晚了。可是，他哪里知道，韩世忠此时正率领南宋大军威风凛凛地在岸边已等候多时了。正在敌船鼓噪而前之时，韩世忠将海船分为两路，突然出现在敌舰背后，用每条铁索曳沉一艘敌船。金兀术这时深感到穷途末路了。又一次遭到大败，气得嗷嗷大叫。

金兀术的南侵，屡次被韩世忠击败，黄天荡一战，打消了金兀术的嚣张气焰，使他再不敢轻举妄动了。

不久，韩世忠又带兵继续打击南犯的金军。这次他带兵到了扬州，等候敌骑兵到来。他砍伐了树木筑成栅栏，自断归路以鼓舞士气，要与金军血战到底，决不后退。他设计使金军相信宋军已撤退，撤掉了做饭的锅灶，要金军信以为真。然后设下埋伏二十多处，与将士约好，等到鼓声一响便全线出击。金军头子率领金兵没有丝毫防备地来到了韩世忠驻地附近，他们停了下来，准备休息片刻。这时，韩世忠大喊一声，顿时鼓声阵阵，杀声冲天，伏兵四起，加上宋军大旗哗啦啦地飘动，金军大乱起来。韩世忠一马当先，命令将士手执长斧，上击金兵胸部，下砍马足，破了金军的阵势，敌军纷纷陷入泥潭之中。韩世忠领兵指挥，精锐骑兵四下践踏砍杀，金军人马一批批地

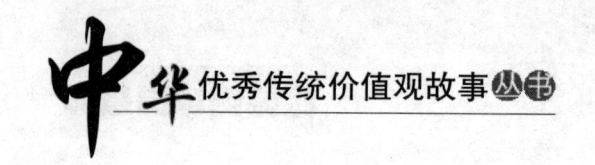

倒下。经过一场激战，活捉了金军将领二百多人，使金兵受到惨重的失败。韩世忠又亲自追到淮水，败逃的金兵见韩世忠追杀而来，惊慌四散，互相践踏以及溺水而死的人不计其数。

接着韩世忠又带兵渡过淮河，来到淮阳城下，不料被金兵所围。韩世忠丝毫没有被强敌所吓倒，他挥戈冲杀，金兵见是韩世忠都不敢近前。经过一场鏖战，韩世忠以他的勇猛和顽强，终于杀出重围，未伤一兵一卒。

韩世忠进兵到了淮阳城。金兀术在韩世忠手下吃了多次败仗，这次他要报仇雪耻。他急忙与众将领率金兵前来增援淮阳城的金军。一时间，金军人数大增，韩世忠寡不敌众，要求宋军增援，但是增援又没有指望，他便决心拼一死战。他面向金兵布下了阵势，还派人通报金兵说："身穿锦衣、骑骏马的那个人就是韩世忠！韩世忠手下的人说，这样韩将军太危险了。韩世忠却说："不这样就不能把敌人引来。"金兵果然上钩了，纷纷出兵企图擒拿韩世忠的首级。韩世忠此时已下定了血战到底的决心，他冲杀于阵前，奋力搏杀，斩杀了冲在最前面的两位金兵将领，金兵看到前面的将军都倒下了，吓得调头便跑，丢下的是一片刀剑和尸体。韩世忠则与士兵们安全无恙地回到了楚州。

韩世忠有胆有识，他的威名使金军为之胆战心惊，使南宋将士为之自豪。

韩世忠非常忠正耿直，当岳飞被秦桧害死之时，韩世忠非常愤恨秦桧的卖国求荣，同情岳飞被害，曾厉声问秦桧："岳飞有什么罪？"秦桧竟无耻地回答说："莫须有。"韩世忠还很关心人民的疾苦冷暖。他率兵打仗，从来不侵犯百姓，而是关怀百姓，让百姓安居乐业。百姓看到有这样一位为民而战的将军，都十分敬重他，为韩世忠修祠建堂，以表将军之恩德。宋高宗看到大宋有这样一位好将领，也不住地称赞他，说"即使是古代的名将也没有超过韩世忠的了。"

◆韩世忠力主抗战、坚持抗金，并在长期战争中建树了光辉的业绩，成为南宋时期颇有声望的抗金名将，赢得了人民的尊敬。

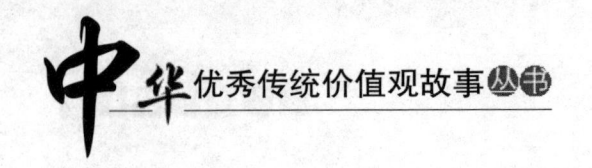

13. 精忠报国的抗金名将岳飞

岳飞，字鹏举，汉族。北宋相州汤阴县永和乡孝悌里（今河南省安阳市汤阴县菜园镇程岗村）人。中国历史上著名战略家、军事家、民族英雄、抗金名将。岳飞在军事方面的才能则被誉为宋、辽、金、西夏时期最为杰出的军事统帅。

岳飞家中世代务农。岳飞从小热爱劳动，劳动之余就读书、练武。年轻的岳飞，体魄健壮，文武双全，他立志要为国家做一番贡献。

北宋末年，北方的女真族崛起，建立了金政权，它灭掉辽国后，就开始发兵侵犯北宋，两路大军长驱直入，势如破竹。而当时宋朝的皇帝腐败透顶，一批奸邪之臣及宦官，个个贪赃枉法，欺压百姓，无力阻挡金兵的进攻。1126年，徽宗、钦宗两个皇帝都成了俘虏，北宋就这样灭亡了。这一年是靖康二年，因此这一耻辱称为"靖康之耻"。第二年，赵构即位，这就是宋高宗，开始了苟且偷安的南宋政权。战争给人民带来了灾难，百姓们坚决要求收复失地。

　　这时，岳飞守父丧期刚满。他见敌骑蹂躏着国土，山河破碎，百姓遭难，便义愤填膺，热血沸腾，决心从军，以身报国。岳母是位深明大义的女性，她赞许儿子的志向，让儿子跪在堂上，脱去上衣，亲手用银针在岳飞背上刺了"精忠报国"四个大字，并告诫说："要赤心报国，临难不惧，至死不屈！"岳飞牢记母亲的教诲，含泪告别。

　　岳飞到了刘浩帐下报名，被编入前军，当了一名小军官。后又转入东京（即汴京）留守宗泽部下，屡立战功，升为统制，率领了一支人马。

　　不久，年迈的宗泽因积劳成疾，竟一卧不起。岳飞按宗泽生前的部署，率军进驻西京河南府，守护皇陵。这时金兵进犯汜水关，威胁西京，于是岳飞抢先进驻汜水关。他见敌军人数众多，决定出奇制胜，凭着他的箭法，一箭射去，敌人一名将领应声落于马下。趁敌军惊惶之际，岳飞率军猛冲过去，杀得金兵溃不成军。他又采用疑兵之计，在夜间派数百兵士携带着柴草，在山中点燃火把，来回游动。敌人以为宋军主力已到，惶惑不安，准备撤退。岳飞见敌营已乱，便下令发起攻击，大获全胜。岳飞英勇善战，又有谋略，他带领的军队打了无数次大胜仗。

　　建炎三年（1129年），金国四太子兀术南下，竟攻

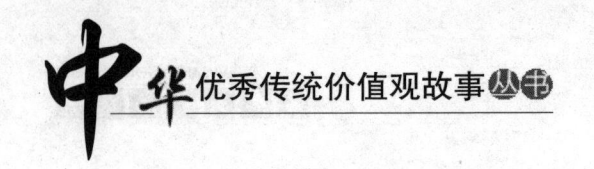

下建康和宋都临安，一直打到浙江定海，岳飞在广德（今安徽省广德市）、宜兴、常州一带袭击金兵，连获胜利。当他得知韩世忠在黄天荡大败金兀术，便事先率军埋伏在牛头山上，等待兀术的到来。这天夜晚，金兀术大队人马果然败逃到牛头山下，安营扎寨。岳飞派了一百人，都穿上黑衣服，混入金营中袭扰，结果金兵惊恐大乱，以至自相攻杀。金兀术率军逃向龙湾。岳飞率领三百骑兵，两千步兵，紧追不舍，在新城又大败金兵。

接着，岳飞又在建康城外拦击，打得金兀术丢盔卸甲，仓皇逃过长江。建康被收复。

从此，岳飞英名远扬，受到百姓的尊敬。金兵一听到"岳飞"二字就心惊胆战。皇上对他大加赏赐，任命他为通泰镇抚使兼知泰州（在江淮地区），成为朝廷重要将领。

在讨伐无恶不作的游寇曹成时，曹成的部将杨再兴骁勇非凡，不仅刺杀了岳家军的部将，还在战场上杀死了岳飞的胞弟岳翻。岳飞闻讯，强压住悲痛，指挥将士勇猛击杀，敌众死伤惨重。杨再兴敌不过，落荒而逃，最后走投无路，跳下悬崖。他没有摔死，被岳家军俘虏。众将士都请求岳飞杀死杨再兴，为岳翻报仇，可是岳飞却亲自为他松绑，诚挚地对他说："我知道你是一员虎将。你虽然跟曹成为盗，骚扰百姓，袭击官军，又杀了我胞弟，但你还没有卖身投敌，有些骨气，我今天不杀你，希望你从此改过，与我同心抗金，雪国耻，赴国难。"杨再兴被岳飞的大义所感动，投降了岳飞，后来成为岳家军的一个忠实的战将。

岳飞在扫荡游寇的战争中，为南宋政权立下了大功。赵构皇帝又对岳飞大加赏赐，提升他为神武副军都统制（一方的元帅）。不久赵构再次接见岳飞，问他："你认为何时天下才能太平呢？"岳飞答："到了文官不爱财，武将不怕死的时候，天下就自然会太平了。"赵构装出很满意的样子，大加夸奖了一番，还特赐给他一面军旗，上面绣着赵构亲笔书写的"精忠岳军"四个大字。几天后，又颁布诏令，提升岳飞为镇南军承宣使，江南西路舒、蕲州制置使，并将牛皋、董先、李道等著名将领的部队也下诏归岳飞指挥。

绍兴四年（1134年），岳飞奉命进攻伪齐政权。将士们在"精忠岳军"大旗下，一路势如破竹，仅三个多月就收复了伪齐盘踞的襄汉六州。朝廷下诏表彰岳飞，提升他为清远军节度使，湖北路荆襄潭州制置使。

岳飞又开始加紧练兵，蓄积粮草，并广泛联络中原豪杰，为恢复整个中原做准备工作。

绍兴六年（1136年）八月，岳飞奉命正式誓师北伐。一路上，人民热情支持，民兵纷纷助战，岳家军

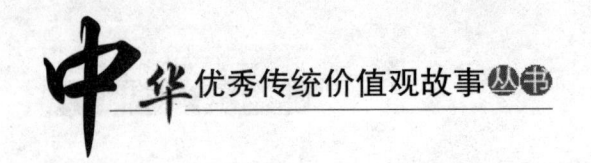

将领王贵、郝晸、董先、杨再兴等人的捷报接连飞来，岳飞十分高兴。这一天，岳飞在雨中行军，对部将说："我曾到过黄龙府，这次咱们一定要杀到那里去。以前我非常喜欢饮酒。我母亲生前劝我戒酒，后来皇上也让我不要喝酒，从此我再也没喝酒。可是等到打下黄龙府，我不仅要赏赐你们金子，而且还要开酒戒，和你们痛饮一番！"一名官员说："我们平时只知道您志在中原，今天才知道您还要直捣金人老巢。"

然而事情并非那么顺利。中原地区由于长期战乱，经济遭到严重破坏，岳家军很难筹到充足的粮饷。岳飞曾向朝廷要求增援军队，接济粮饷，然而久无回音。岳飞只好留下少数兵马，率领主力退回鄂州。一天，岳飞凭栏远望，秋雨潇潇，江水汹涌，不禁勾起他对往事的回忆。自己从军以来，历经战阵，足迹踏遍南北，为雪国耻，迎还二帝，吃尽了千辛万苦，可是到如今，壮志未酬。敌人的凶顽和自然造成的障碍都算不了什么，最令人担忧和愤慨的，是朝廷的昏庸，及朝中主和派的媚敌媾和政策。想到这些，不由得心情激荡，高声赋了一阕《满江红》：

"怒发冲冠，凭栏处，潇潇雨歇。抬望眼，仰天长啸，壮怀激烈。三十功名尘与土，八千里路云和月。莫等闲，白了少年头，空悲切。"

"靖康耻，犹未雪，臣子恨，何时灭？驾长车，踏破贺兰山缺。壮志饥餐胡虏肉，笑谈渴饮匈奴血。待从头，收拾旧山河，朝天阙。"

可是，昏君赵构与奸相秦桧沆瀣一气，同金人议和，屈膝投降，向金国称臣。

然而不到两年，金军统帅金兀术就撕毁和约，悍然对南宋发动大规模进攻。高宗不得已被迫应战。岳家军接到命令，就如脱兔一样，迅速奔赴前线，在岳飞的指挥下，展开全面反击，收复了郑州等地。

1140年7月初，岳飞将大本营移驻颍昌府东南的郾城（今河南郾城），调兵遣将，准备继续扩大战果。可是就在这时，张俊大军和刘锜大军相继接到班师的命令，都已撤退，只剩下岳家军孤军奋战了。金兀术乘机亲自带领一万五千名精锐部队，包围了郾城，企图与岳飞决一死战。岳飞来不及通知其他部队，立即亲自率领亲卫部队迎敌。

金军的正面是"铁塔兵"，即三骑为一组的骑兵，人和马都披上厚厚的铠甲，看起来像铁塔一样，它担任正面冲锋的任务。两侧是"拐子马"，就是将三匹穿着铠甲的马用牛皮绳连在一起，在战阵中用它冲击对方，然后骑兵随后掩杀，使对方难以阻挡。以往战斗中，金兀术利用铁塔兵和拐子马屡战屡胜，从未败过。战斗开始后，金军的铁塔兵和放出的"拐子马"滚滚而来，势如排山倒海。而岳飞早已研究出专门破

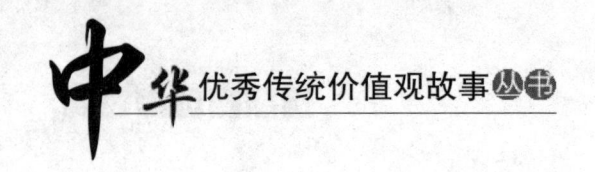

"拐子马"的"麻札刀"。他命令步兵手持麻札刀和大斧冲上前,不看马上,专砍马腿。"拐子马"相连,一马倒,另两匹皆倒,金兵很快溃不成军。岳飞亲自迎敌,经过一场短兵相接的格斗,岳家军大胜,金兀术的铁骑兵遭到了致命的打击。接着在距开封四十多里的朱仙镇,岳飞又大败金兵,金兵损失惨重,两员大将被杀,七十八个首领被俘。金兀术的攻势土崩瓦解了。他逃回开封,不住地叹道:"撼山易,撼岳家军难!"准备渡河北逃。

　　就在岳飞决心大举北上,准备打到金军老家黄龙府之时,却在一天之内接到了十二道班师的金牌。岳飞悲愤至极,泪流满面地说:"十年之力,废于一旦!"但皇上的命令又不能违抗,只好忍痛收兵南归。百姓见岳飞撤兵,拦住他的马头说:"我们烧香磕头,运送粮草,欢迎王师来,这些连敌人都知道。今天大军一走,我们可怎么活呀!"岳飞也禁不住潸然泪下,只好掏出皇帝的金牌,说:"我也是不得已呀!"

　　原来是昏君赵构和宰相秦桧的阴谋,他们怕岳飞力量强大了会构成对皇帝的威胁,担心钦宗回来高宗皇位会保不住。

　　岳飞回到临安,先是被夺了军权,接着以不忠的罪名被革职。他回到了庐山母亲墓旁的旧居。

　　秦桧仍不放手,为了置岳飞于死地,就勾结张俊，威胁和利诱岳家军中受过岳飞处分的将士，让他们诬陷岳飞，提供假证。秦桧就利用这些漏洞百出的材料，派人将岳飞押回临安。岳飞想到朝廷对质，可是秦桧却将他送到大理寺（最高审判机构），由奸贼万俟卨审讯，万俟卨提出的种种假证，都被岳飞以事实一一驳倒。岳飞不承认谋反，他就用刑，各种刑罚也没能使岳飞屈服。无奈，他们把岳飞关进监狱。

转眼间到了冬天，岳飞父子和张宪被关的风波亭监狱，屋里四面透风。他们没有棉衣，日夜挨冻。许多人自动地送来被褥、棉衣和各种食品，并请求让他们见一见岳飞。可是人们送来的东西全被没收，一些人还被逮捕。

岳飞的冤狱，震动了朝野，大批百姓替岳飞叫屈喊冤，朝中的正义之士也上书为岳飞直言。韩世忠虽也已被撤职，仍义正词严地质问秦桧："定岳飞之罪有何证据？"秦桧含糊其词地说："岳飞给张宪的书信，内容虽不清楚，但这样的事情莫须有（或许有）！"韩世忠很气愤地说："这'莫须有'的罪名，怎能让天下人信服呢！"

秦桧无凭无据，无法定岳飞的罪名，只好把案子压下，一直到了腊月二十九，秦桧为此心烦意乱，坐卧不安。这时他的老婆王氏在旁说："做事要果断，擒虎容易放虎难呐！"一句话提醒了秦桧，他马上到大

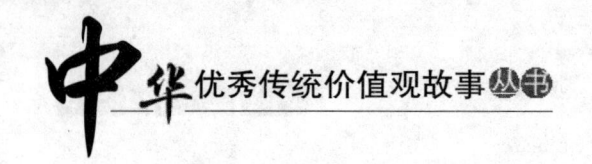

理寺提审岳飞，想逼他在供状上画押。岳飞知道自己就要遇难，这一腔冤情，向谁诉说？他在供状中只写了八个大字：

天日昭昭！天日昭昭！

接着，他饮下了赵构"御赐"的毒酒。那年，他仅三十九岁。岳飞的儿子岳云及部将张宪也一同被害。

金兵最害怕的宋军将领就是岳飞，金营中的将领听说岳飞死了，都欢呼跳跃，举杯庆贺。

但是广大人民没有忘记这位精忠报国的抗金名将。岳飞死后，临安人民无不痛哭流涕，为岳飞喊冤。在岳飞长期驻兵的鄂州，几乎家家都挂着岳飞的画像，表示对他的怀念。

后来，岳飞父子的冤案终于得到了昭雪，岳飞被封为鄂王，许多地方还建了岳飞庙。杭州西子湖畔的岳王庙和岳王坟，吸引了无数中外游人。

◆岳飞一生英勇抗敌的辉煌业绩被世代人们所歌颂，岳飞成了爱国志士效法的榜样。

14. 红巾军领袖刘福通

刘福通，颍州（今安徽阜阳）人，元末农民起义的著名领袖。他所领导的"红巾军"起义，从根本上动摇了元朝的统治。

元朝末年，统治阶级非常腐朽，他们夺权夺利，大搞内讧，拼命掠夺农民土地，自然灾害又接连袭来，天灾人祸降临到各族人民头上，人民再也无法生活下去，终于爆发了一场大起义。

刘福通等人宰了一匹白马和一头黑牛，把血和在酒里，每人饮一杯血酒，以表示最大的决心和庄严的誓约，他们摩拳擦掌，共同发誓：不推翻元朝誓不罢休。

刘福通等人拥戴白莲会首领，准备起来造反。利用白莲教（是佛教的一派，宣传西方净土白莲是极乐世界，劝人们念佛修行，多做好事，死后可以到西方净土白莲地上过快乐日子）作为宣传和组织群众的手段，团结了全体反对蒙古贵族的贫苦农民。刘福通率

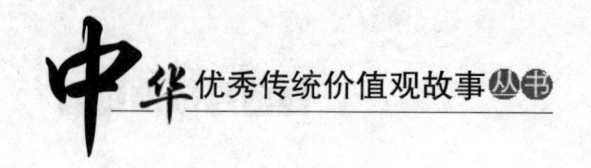

领群众率先起兵出其不意地一举攻占了颍州城,又占据了一些县城,很快起义群众多达十万。起义者烧香聚众,以红巾为号,称为"红巾军",又称"红军"或"香军"。刘福通起义时,发布文告,揭露当时社会的黑暗,揭示汉族劳动人民的贫困和蒙古统治者的富有,举起了义旗,以"复宋"为号召,利用人民反抗民族压迫的情绪,动员更多的人民参加起义。

不久,刘福通独自担负起领导起义军的重任,战士们头裹红巾,跟随刘福通英勇作战。元朝统治者看到红巾军来势凶猛,慌忙派军队前来镇压。其中有元朝政府的王牌军,即由身高体大的阿速人组成的阿速军,他们善于骑马射箭,十分强悍。红巾军在强敌面前毫不畏惧,刘福通决定先发制人,乘敌人不备,摆开了阵势,发起了进攻。元军见势,吓得魂不附体,连忙扬鞭大叫"阿卜,阿卜"(蒙古语,"快跑"的意思),这样,还没有交战,元军就丢盔弃甲,抱头鼠窜。刘福通率军很快就攻占了亳州(今安徽亳州市)等地。义军所到之处,开仓散米,赈济贫民。接着刘福通又亲自率领军队攻占了十几座城池,势力发展到现在河南省东南部一带。投奔红巾军的民众越来越多,队伍很快就发展到十万人,红巾军声威大震。

颍州一战,刘福通和义军取得的巨大胜利,以及他的英勇顽强的斗争精神深深地鼓舞了各地群众,他们纷纷拿起武器，响应起义。各地起义军队伍也都前来投靠刘福通的红巾军，他们与南方的红巾军相互配合，如同一支大铁钳一样，把元帝国死死钳住。元政府南粮不能北运，陷入了极端狼狈和惶恐之中。这时，刘福通在亳州建立了农民政权，国号为大宋，年号为龙凤。中原各地从此有了一个领导核心，为反抗元朝腐朽统治起到了重大作用。刘福通看到形势大好，心中暗自喜悦，于是他决定乘胜前进，分兵三路，大举北伐，直捣元朝都城。一路上起义军挥戈搏击，杀得元军丢盔卸甲，狼狈逃窜。义军还在一些地区建立了根据地，占领了许多城市。不久便占领了元朝的上都，烧毁了元的宫殿；紧接着又挥戈北进，一直打到辽河以东，占领了元朝辽阳行省的省会辽阳。四川、甘肃、宁夏也受到义军的袭击。刘福通亲自率军在安徽、河南一带作战，攻下了开封，并宣布开封为红巾军政权的首都，红巾军取得节节胜利，威震天下。当时的百姓编了一首歌，来欢呼红巾军的胜利。歌词说："满城都是火，府官四散躲；城里无一人，红军府上坐。"这首歌词生动地刻画出红巾军所向无敌、元朝反动军队一败涂地的情景。

　　随着红巾军队伍的不断发展壮大，统治者吓慌了手脚，他们采用军事镇压和政治分化的两手来对付义军。一些义军首领经不住敌人的诱惑投降反叛了，由

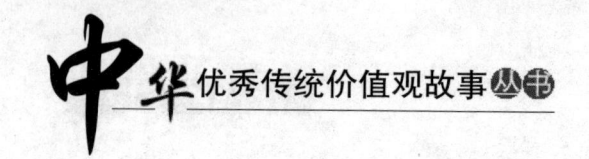

此义军内部出现了分裂局面。面对这种情况，刘福通深感事态严重，心急如焚，决定振奋士气，重新再战。但是，义军由于没有周密的计划，各路军队没能很好地配合，流动作战中没有建立巩固的根据地，元军乘虚而入河南，猛扑开封，刘福通被迫撤离。不久，刘福通所占据的附近地区也处在元军的包围之中。形势越来越不利，刘福通只好孤军奋战，冲破敌人重围，逃到安丰（今安徽寿县）。

至正二十三年（1363年）二月，投降元朝的原江浙起义军首领张士诚，趁安丰空虚之机，派大将吕珍来攻，刘福通一面派人向朱元璋求救，一面坚持抵抗。安丰城内一粒粮食也找不到了，他们只好把尸体从地里挖出来充饥，又用井底里的泥做成丸子，用人油炸了吃。当朱元璋率领大军赶来救援的时候，城已攻破，刘福通坚贞不屈，壮烈牺牲，起义军遭到失败。

◆刘福通领导的义军坚持斗争十三年，他身经百战，威武不屈，领导红巾军将士转战千里，所向披靡，沉重地打击了蒙、汉反动统治阶级，为抗元斗争的胜利流尽了最后一滴血。他所领导的红巾军起义，掀起了抗元斗争的浪潮，元朝的反动统治终于在这澎湃的浪潮中覆灭了。

15. 抗倭英雄戚继光

戚继光，字元敬，号南塘，晚号孟诸，汉族，山东登州人。明代著名抗倭将领、军事家。

明代中叶，许多倭寇窜到我国的东南沿海一带进行骚扰。倭，是日本的古代名称。从元朝末年起，日本九州一带的封建诸侯，纠集一些武士、商人和海盗，几十人一伙，几百人一帮，带着武器和货物，出没于我国东部和东南沿海一带，他们时常杀人放火，抢劫财物，当地居民称他们为"倭寇"。沿海人民对这群倭寇恨之入骨，纷纷组织起来，保卫家乡。明政府也委派将领，调集军队，到沿海地区剿灭倭寇。其中戚继光便是沿海抗倭将领之一。

戚继光，字元敬，出生在山东，生活在明代中期。他父亲戚景通暮年得子，心里格外喜悦，希望孩子能长大成人，继承自己的事业，成为一名光辉的人物，因此给他取名叫戚继光。

戚继光从小就聪明好学，父亲是个将官，经常和客人谈论军事，戚继光时常侧耳倾听，并常和小朋友玩打仗的游戏，堆泥巴作城墙，搭瓦块作营垒，削木棍糊纸当旗帜。客人们都称赞他，说他将来会有大出息。在父亲的严格教育和熏陶下，他读书、写字、练习武艺，学到了不少爱国思想和军事知识，立下了雄心壮志，要做一个保家卫国、奋勇杀敌的将帅。

十七岁那年，父亲病故，他承袭父亲的武职，做了登州卫（今山东蓬莱市）指挥佥事，开始了他的戎马生涯。

戚继光来到登州后，听到百姓诉说倭寇在山东沿海地区烧杀抢掠，给人民带来了无穷的灾难，心中忧虑不安，更坚定了他保国安民的志向。他在一本兵书的空白处写道："封侯非我意，但愿海波平。"

嘉靖三十二年（1553年）夏天，明朝政府提升戚继光为署都指挥佥事，负责从现在的黄河河口到山东江苏交界一带海岸的防务。那年他才二十五岁，深感自己肩上担子的分量，于是修筑工事，整训士兵，严明军纪。

戚继光刚开始整顿纪律，就碰到了一件棘手的事儿。有个军官，论辈分是他的舅父，竟公然依仗自己是长辈，不肯听从命令。戚继光十分犯难，心想：处分吧，别人会说晚辈处罚长辈，无情无义；不处分吧，这整顿纪律就无法进行。军纪不严，怎么能打胜仗？治军避亲，何以服众？他左思右想，想出一个两全其美的办法。他先是以长官身份，当众给舅父以严格的军纪处分，然后在当天晚上，以外甥身份，把舅父请来，向他赔礼。舅父被戚继光坦荡的胸怀和诚挚的态度所感动，当面给戚继光跪下，十分感动地说："你执法如山，做得对，我以后再不会违背命令了！"这事不胫而走，戚继光不徇私情、大公无私的行动，赢得了将士们衷心的尊敬与爱戴，个别不法军官再不敢恣意妄为，某些无所事事的兵油子，也不敢为所欲为了。新的战斗军风在军中日益增长。纪律严明，秋毫无犯，使山东沿海的倭寇不敢再进犯。

不久，东南沿海的倭寇日益猖獗起来，于是戚继光又从山东赶到浙江，镇守宁波、绍兴、台州三府。这一地区是浙江海防的咽喉要地，受倭寇的侵扰十分严重，戚继光决心痛击倭寇，严惩无赦。他上任后不久，一股倭寇登陆窜到浙江，戚继光立即整军迎敌。骄横的倭寇根本不把明军放在眼里，他们兵分三路，在三个倭酋（倭寇的首领）的率领下，举着倭刀，气势汹汹地猛冲过来。戚继光见此情景，急忙跳上一块高石，张弓发矢，一连三箭，把三个倭酋射倒，稳住了自己的军队，溃散的明军又重新集合起来，杀退了倭寇。

这次战役虽然获胜了，但是戚继光感到，剿平倭寇仅靠自己的少量人马是不够的,便决定训练一支精干的军队。于是他选拔农民、矿工等,按小队编制起来,进行严格的训练。而且要求军纪严明,赏罚分明。他认为,擂鼓该进,即使前面是刀山火海,也要奋勇前进;鸣锣该退,即使前面有金银珠宝,也要坚决退回。他训练的这支队伍,逐渐扩大到两万多人。他们作战勇敢,纪律良好,被称为"戚家军"。

戚继光带领着戚家军,针对东南沿海地区多山多水,不便长驱驰骋的地理形势,和倭寇擅长设伏、冲锋、短兵相接的战术,创造了一种名为"鸳鸯阵"的战术,以一队为一个作战单位,各种武器配合使用。敌人距离稍远就用火器和弓弩射击,近了就命令士兵们列好阵势向前冲杀。前面的两个人使长武器,遮挡敌人长枪重箭,随后的两个人使用带枝梢的竹刀或利刃,既能刺敌,又能遮拦刀枪。后面的人使用更长的武器,能先发制人,迅速刺敌。再后面的人使用短兵器,最后是火兵。这种阵法可攻可守,指挥灵活,每次与倭寇作战,都能大量杀伤敌人。戚继光又招募许多渔民,组成了水军,使之能在海上打击敌人。

1561年,倭寇又一次进犯浙江,沿海各地形势又紧张起来。倭船总共几百艘,人数达到一、二万人,声势非常浩大。戚继光得到消息,马上率军杀敌,把敌人打得落花流水。败退的倭寇盘踞在险要地势负隅顽抗。戚继光率领大军不顾山路崎岖，岩壁陡峭，奋勇向前攀登，敌人终于抱头鼠窜。狡猾的倭寇知道戚家军大部分开赴前方，台州之地空虚，便乘隙而入。戚继光闻讯后，立刻调动军队，火速奔赴台州截击敌人。兵士们从早到午步行七十余里赶到台州城外，早已人困马乏，又水米未进，都急着进城吃饭休息。戚继光严厉地对士兵们说："现在是吃饭的时候吗？倭寇离城已经很近了，我们要赶快去消灭敌人，然后再吃饭！"一声令下，士兵们都忍着饥乏，抖擞起精神，在战鼓中列阵前进，与倭寇激烈交战。戚继光在敌阵上亲斩倭酋，追击敌人四十余里，逃跑的倭寇全部淹死在江里。戚继光率军歼敌五百多人，还救出了被掠走的百姓五千多人，而自己仅阵亡三人，这次战斗大获全胜。

这次大战胜利后不久，又有一支两千多人的倭寇进犯台州，戚继光带领身边的一千五百人，临敌不惧准备迎战。双方对峙了三天，倭寇见台州不易攻取，便退兵进袭处州。戚继光预料到敌人一定要取道上峰岭，于是他急忙率兵赶到上峰岭设下埋伏，命令士兵手执松枝隐蔽起来。当倭寇经过上峰岭时，只见满山松涛，渺无人马，就放心大胆地前进。当敌人走到山岭一半的时候，戚继光一声号令，千名健儿好似神兵天降，冲下山来。士兵们列成鸳鸯阵，冲锋陷阵，敌军被截为两半，首尾不能相顾，阵容大乱，被戚家军杀得抱头鼠窜，还有不少人掉下山涧摔死。戚继光又率军乘胜追击，在当地百姓的协助下追歼了漏网的倭寇。这次战役又大获全胜，台州的百姓都出城慰劳他们，为他们献出酒肉，夹道欢呼，祝贺戚继光军队的辉煌战绩。

戚继光在浙江先后九战九胜，使倭寇闻风丧胆，倭寇暂时不敢再进犯浙江了。

浙江的倭寇暂时平息了，而福建又有倭寇的侵袭和骚扰。戚继光又马不停蹄地来到福建驱倭，他率军一鼓作气，连续攻克倭寇六十个营，歼敌数千名。戚继光的威名又在福建广为传扬，倭寇对他又恨又怕，称他为"戚老虎"。

不久，戚继光又攻打盘据在乎海卫的倭寇，戚家军以雷霆万钧之势攻入敌阵，戚继光跃马当先，率众冲杀，迅速夺取了敌人的中央阵地，插起了绣有"戚"字的大旗。经过一番激战，大败了倭寇。由于戚继光奋力平倭，把入侵福建的倭寇也完全肃清了。

戚继光在他戎马生涯的战斗中，不仅极其勇猛，还善于运用灵活多变的战略战术克敌制胜，他根据自己长期的作战经验，先后写成了《纪效新书》《练兵纪实》两部价值很高的兵书，成为我国古代军事科学上的宝贵遗产。他的一生，如同他写的诗一样："南北驱驰报主情，江花边月笑平生；一年三百六十日，多是横戈马上行。"他转战于大江南北，赢得了人民爱戴和尊敬的民族英雄称号。浙江、福建一带，至今还保留着大量有关戚继光和戚家军的遗迹和传说。相传，戚继光在平倭战争中创造了一种便于携带的军粮，就是中间带孔可以用绳穿起来的小圆饼，后来当地人民为了纪念他，就把这种带孔的小圆饼称为"光饼"。福建的一些地方现在还保持着吃"光饼"的风俗。

◆作为伟大的军事家、杰出的民族英雄，戚继光是我国历史上中华民族反对外来侵略的光辉典范。他率领戚家军投身沿海抗倭第一线，转战十余年，荡平危害东南沿海的倭寇，为巩固祖国海防立下了不可磨灭的功勋，充分显示了中华民族同敌人血战到底的气概和意志。

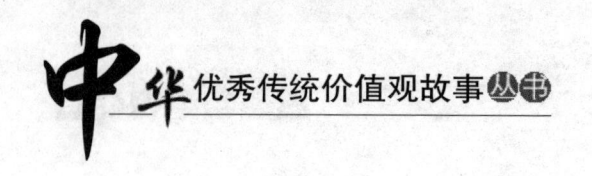

16. 明代壮族抗倭英雄瓦氏夫人

瓦氏夫人，原名岑花，明代抗倭巾帼英雄。精通兵法，治军有方。

"岛夷缘海作三窟，十万官军皆露骨；石柱瓦氏女将军，数千战士援吴越：纪律可比戚重熙，勇气虚江同奋发；女将亲战挥双刀，成团雪片初圆月，麾下健儿二十四，雁翎五十各翕忽；岛夷杀尽江海清，南纪至今推战伐。"

这是流传在东南沿海的一首诗，诗中赞扬的抗倭女将军是位壮族女性，她戎马一生，留下了千古美名。

这位女英雄是明代中期广西田州府人，姓岑，名花，1498年出生在广西归顺州的贫苦家庭。岑花幼年时，其祖父因征战有功，被授为知州之职，成为归顺州的最高行政长官。岑花的父亲精诗文，通兵法，而且做事有谋略。他除了政事外，就教女儿兵法，练习拳剑。岑花为人十分聪明上进，从小便以祖父为榜样，渴望有一天带兵打仗，为国立功。苍天不负苦心人，几年后岑花练了一身绝技，尤其善用双剑。岑花成年后为人正直，经常打抱不平。后来嫁给田州府土官指挥同知岑猛。壮族有"同姓不婚"的习俗，岑花便改姓花，壮语花与瓦同音，从此当地人称她为"瓦氏夫人"。

瓦氏夫人通晓兵书，武功盖世，是岑猛的贤内助，每当岑猛外出，她便为丈夫管理府中事。后来岑猛被人挑拨，参与了反明割据的活动，瓦氏夫人深明大义，劝他不可分裂祖国。可是岑猛不听，最后兵败，逃到岳父的州衙，瓦氏夫人的父亲以国家利益为重，大义灭亲，由瓦氏夫人承袭土官同知之职。

此时瓦氏夫人还不满三十岁，她治理有方，受到百姓的好评。她教育孙子岑芝，希望他长大后效忠国家。孙子岑芝成人后，瓦氏夫人奏明朝廷，将同知的官职交给了孙子岑芝。嘉靖二十九年，岑芝奉命到海南岛作战身亡，瓦氏夫人又扶助和养育曾孙岑大寿、岑大禄，并代为处理州府的事，此时她已是五十二岁的老妇。

嘉靖三十三年，天子的诏书下达到田州府，征调田州土官同知带兵抗倭。瓦氏夫人因曾孙岑大寿、岑大禄不习武，便请求抗倭总督，愿意自己率兵赴江浙前线。瓦氏夫人的这一行动得到了一方百姓的拥护。总督素知瓦氏夫人文武双全，特授她女官参将总兵之

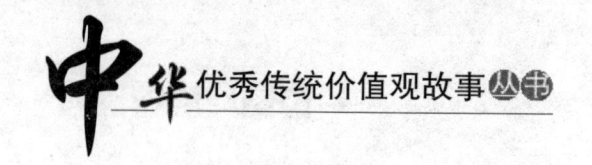

职，令其统率广西各地俍兵六千八百多人，即刻开往抗倭前线。

瓦氏夫人接到命令，立刻率领抗倭大军启程，长途跋涉数千里，在嘉靖三十四年到达金山卫，驻兵泊胥关。瓦氏夫人率兵刚到驻地，倭寇就接连侵扰，烧杀抢掠。瓦氏夫人目睹了倭寇的猖狂，立刻请战。总督因为俍兵长途行军疲劳，不同意瓦氏夫人的请求，瓦氏夫人激动地说："我自备军粮，却不建立功勋，有何面目对乡党！"

总督大人对这位壮族女英雄十分钦佩，一再劝她休整待命。瓦氏夫人知道这是总督对俍兵的爱护，于是她抓紧时间做战前训练，她用祖传的"岑家兵法"将俍兵编为七人一伍的作战单位。战场上五人一齐向前，持长枪者在前，两边的人用弓箭保护，一队赴敌，一队争救。瓦氏夫人使用的兵法能充分发挥每个战士的能力，同时调动整体的力量对敌，使兵士少受损失。

瓦氏夫人治军极严，她规定在战场上"不如令者斩；退缩者斩；走者斩；言惑众者斩；敌伴以金帛遗地，争取不追蹑者斩"。瓦氏夫人的这一规定使俍兵在战场上见利不争，遇强敌而不退缩，无论什么时候都能保持极高的战斗力。瓦氏夫人还规定不许骚扰百姓，欺压百姓。俍兵军纪严明，受到江浙一带人民的爱戴和支持。

　　一个月后，总督命令瓦氏夫人开往漕泾镇，打击这一带的倭寇。瓦氏夫人刚到漕泾镇便与倭寇遭遇。倭寇人多势众，几倍于俍兵，俍兵陷入倭寇的重围。可是瓦氏夫人率领的俍兵并无惧色，个个英勇顽强。然而敌众我寡，若是硬拼恐伤亡太大。瓦氏夫人披发舞刀，使出平生的绝技，骑马率军冲杀，杀开一条血路，冲出重围。

　　半个月后，倭寇两千多人突袭金山卫，总兵俞大猷避其主力，抄倭寇的后路。不料倭寇早有准备，立刻后队变前队，俞大猷没有准备，反而被倭寇打得溃不成军。瓦氏夫人得到消息，立刻率俍兵接应，杀得倭寇四散而逃，救回俞大猷。

　　几天后，倭寇三千余人又来进犯金山卫，白泫都司领兵出战，也陷入倭寇的重围，眼看就要全军覆灭。就在这危难之时，瓦氏夫人不顾个人安危，独自纵马杀入倭寇军中，她手执长矛，上下翻飞，拼死救出了白泫都司。不到一个月的时间，瓦氏夫人三次与倭寇拼杀，每战必有所获。从此，瓦氏夫人的英雄美名人人皆知，倭人无不畏服。

　　在此之后，瓦氏夫人率俍兵接二连三地与倭寇交战，每战必胜。尤其是苏州盛墩一战中，瓦氏夫人的任务是带俍兵协同官军作战，可是俍兵在瓦氏夫人的

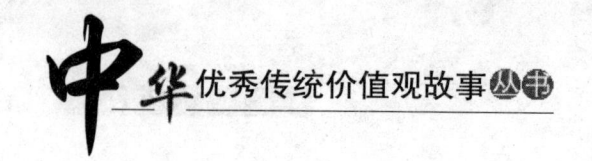

统帅下争先而上，首先杀死一个倭首，倭人的阵脚顿时大乱。瓦氏夫人带领俍兵斩杀倭寇三百多人，吓得倭人抱头鼠窜，狼狈而逃。当地人民为了纪念瓦氏夫人在这一仗中取得的胜利，将"盛墩"改名"胜墩"。从此后，倭寇一听瓦氏夫人的名字就胆战心惊，倭患渐少。

不久，朝廷又组织了著名的王江泾战役，官兵与俍兵从三面包围倭寇，准备全歼。瓦氏夫人又率领俍兵首先冲入倭寇的群中，奋勇冲杀，呼声震天。这一仗被斩首的倭寇四千余人，仅逃走了三百来人，抗倭之事至此才取得了重大的胜利。这一仗之后，明朝的抗倭斗争才由被动转为主动，瓦氏夫人又先后与倭寇数次交战，每战必冲杀在前，斩倭寇五百多人，烧毁倭寇盗船三十余艘，最后在浦中截住准备逃跑的倭寇，又再次大获全胜，当地百姓又把这个地方改名"得胜港"。

瓦氏夫人在江浙一带剿倭寇半年多，骁勇善战，屡建奇功，嘉靖皇帝宣瓦氏夫人入京，欲授以官职，瓦氏夫人坚辞不受。嘉靖皇帝无奈，便赐给金银饰物，瓦氏夫人又将这些东西分赐下属。江浙人民非常热爱瓦氏夫人，到处流传着"花瓦家，能杀倭"的歌谣。

嘉靖三十六年，瓦氏夫人五十九岁，无病而终，死后葬在田州府城附近，墓前树立一座石碑，上面写着："明赐淑人岑门瓦氏之墓"，墓前有石刻的人、兽和供物。

在中华民族抗击外敌入侵的历史中，壮族人瓦氏夫人的抗倭爱国精神，永远值得中国人民缅怀和纪念。虽然这段历史已成为过去，可是直到现在，江浙、广西一带的人民仍然没有忘记她的名字，她的事迹也将千古传诵。

◆瓦氏夫人虽然是女性，但她为了壮、汉民族的团结，维护祖国的统一，特别是她的抗倭业绩，体现了壮族人民在祖国危难时舍生抗倭的精神，表现了她非凡的英雄气概和爱国主义精神。

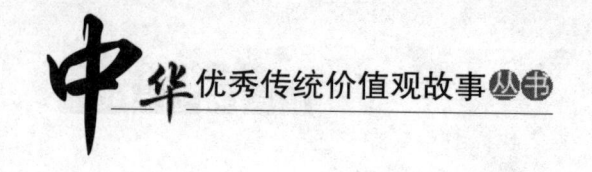

17. 大明传奇女将秦良玉

秦良玉，明朝末年战功卓著的女性军事统帅、民族英雄、军事家。

秦良玉是明末四川的一员女将，生于四川忠州（今重庆市忠县），苗族，是我国古代杰出的少数民族爱国女将领。郭沫若同志在歌颂抗日英雄赵一曼烈士的时候，曾经联想到秦良玉，他挥笔题下这样的诗句："蜀中巾帼富英雄，石柱犹存良玉迹，四海今歌赵一曼，万民永忆女先锋。"

秦良玉的父亲秦葵富有爱国思想，喜欢谈论兵事，注重培养孩子们学习文韬武略，勉励他们长大后手执干戈，保卫国家。秦良玉共兄弟三人，父亲格外喜欢她，认为虽是女孩子，也应该习武自卫，以免在兵火战乱中被敌人践踏。在父亲的教导下，秦良玉从小就认真学习经史，熟读兵书，钻研武略，还和兄弟一起随父习武，演习阵法，显露出非凡的军事才能，以"饶胆智""善骑射"闻名于世。幼年时代的秦良玉就树立了一颗掌军挂帅的雄心。她曾说:"使我掌握兵权,夫人城、娘子军也不值得称道。"她时常用历史上无数爱国名将、民族英雄的业绩激励自己。父亲感慨地说:"很遗憾啊!良玉不是男儿,她的兄弟都赶不上她。"

二十四岁那年,秦良玉毅然不顾传统礼教的束缚,远嫁到更加偏远的、被当时称为"嵚峒蛮"的少数民族地区——石柱。她丈夫马千乘是石柱宣抚使,英俊严毅,果敢善战。他十分敬重秦良玉,治军用兵的事也常和她商议。秦良玉激励丈夫说:"现在四海多故,石柱位于楚、黔相交之地,不可没有防备;况且男儿应当求得树勋万里,怎么能无所作为!"夫妻共同立下报效国家的远大理想。秦良玉热心协助丈夫整饬土政,操练士兵,严格要求。这支石柱士兵使用白木削成"矛端有钩,矛末有环"的一种独特长矛,机动灵活。在秦良玉夫妇的精心组织和训练下,这支军队组织纪律好,骁勇善战,以"白杆兵"闻名远近。

秦良玉从二十岁起开始带兵打仗。在平定由播州(今遵义)宣慰使杨应龙发动的民族叛乱的战争中,秦良玉率领精兵五千,冲杀在前,连破金筑七塞,夺取桑木关,战功居第一,但她并不居功自傲,从不谈及自己的战功。

1613年,马千乘被太监邱乘云诬陷,冤死云阳狱

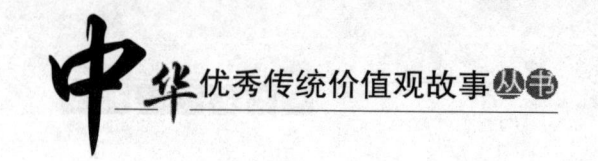

中。朝廷因秦良玉屡立战功，于是令秦良玉接替了丈夫的职务，代领石柱宣抚使。秦良玉实现了自己多年来掌兵柄的愿望，高兴得手舞足蹈，立即卸裙钗，着戎装。从此她南征北讨，声威远扬。

秦良玉当上军事统帅之时，正是明朝东北形势日益严重的关头。女真奴隶主贵族对辽东地区和中原一带肆意烧杀抢掠，给人民带来了极大灾难。秦良玉出于高度爱国热忱，万里请缨，奋不顾身地投入了这场保卫家园、抗击入侵的正义战争之中。从1620年至1630年这十一年间，秦良玉和她的"白杆兵"曾经三次从四川奔赴前线，参加对清军的战斗。

第一次是参加援救沈阳的浑河血战。当时清军围困东北重镇沈阳甚急，辽东官兵遭到惨败后，一听到警报，无不心惊胆寒，不肯出战。朝廷急忙调石柱等土司兵赴辽救援。秦良玉奉调派遣兄邦屏、弟民屏率三千"白杆兵"奔赴前线。她们配合明军，同仇敌忾，勇渡浑河，还没来得及安营扎寨，就遭到清兵四面攻袭，战斗异常激烈，双方都有很大伤亡，秦邦屏阵亡，秦民屏身负重伤，仍在坚持战斗。秦良玉带领三千人马到达后，她马上进行战斗部署，然后率领兵士突入重围。秦良玉武艺高强，胆略过人，在敌营中反复冲杀，所向无敌。清军受到沉重打击，指挥失灵，彼此不能相顾，只好仓皇逃走。虽然秦良玉的军队只有几千人，但有力地打击了敌人的嚣张气焰，这次战役被誉为"辽左用兵以来第一血战"。

第二次是镇守榆关（山海关）。浑河血战之后，秦良玉立即派人入京，赶制一千五百套冬衣抚恤士卒（她出钱资助），整顿余部。自己则率精兵三千奔赴山海关，山海关是清军西图关内的要道。秦良玉坐镇山海关，一面救济关内外饥民，安定民心；一面加强武备，竭力防守，清军未能破关西进，不得不改道进塞，秦良玉把守的山海关成为清兵无法逾越的障碍。

第三次是入京勤王。入京前秦良玉奉命回四川扩兵援辽，到达石柱仅一天，正逢永宁宜抚使奢崇明反叛，他不仅自称大梁王，还乘虚进逼围困成都。秦良玉指挥部队西上救援，奢崇明慑于"白杆兵"的威名，派人赠金帛结援，秦良玉立即斩掉来使，把金帛犒赏三军，派秦民屏等人率四千兵马日夜兼程，自己带领六千精兵长驱直入，使成都顺利解围，并一举收复重庆。

1629年末，清军改从长城毁边墙闯入塞内，直抵北京城下，京城一片慌乱，形势极其险峻。崇祯皇帝火速下令调全国各地军队赴京勤王。年过半百、头发已经花白的秦良玉闻讯，马上献出家财充作军饷，好为士兵发放饷银和制作冬衣，然后她和侄儿翼明率领本部兵马星夜北上，再次出征。当时从各地先后赶来

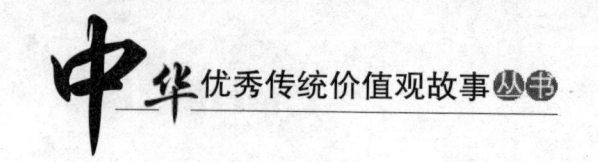

的二十万官军，都屯驻在蓟门近畿一带，互相观望，畏缩不前。唯独秦良玉所率军队奋勇出击，冲入敌阵，杀得敌人人仰马翻。先到的几路勤王部队看到秦良玉所部无所畏惧，勇悍善战的情景，都深受感动，也都挥戈投入战斗。在他们的配合下，奋力收复永平、遵化等四城，解除了清兵对北京的威胁。

秦良玉在清军兵临城下，国家岌岌可危之时，挺身而出，万里勤王，舍家献财，力挽狂澜，不愧是一位爱国爱民英勇无畏的杰出女将。

崇祯皇帝曾写诗表彰秦良玉，诗说："凭将箕帚扫虏胡，一派欢声动地呼。试看他年麟阁上，丹青先画美人图。蜀锦征袍手剪成，桃花马上请长缨。世间多少奇男子，谁肯沙场万里行？"

秦良玉的一生也有污点，她曾经参与了镇压农民起义的罪恶活动。但是当她七十五岁高龄，朝廷再次调她抗清时，她毅然奉诏挂帅出征，后又在石柱地区实行屯垦，保境安民。她立下的功劳是不可抹杀的，她身经百战，体恤士卒。她的军队纪律严明，秋毫无犯。开赴北京时，观看的人聚集得像一堵墙，使部队无法前进。四川地区的人民曾在秦良玉驻兵遗址筑四川会馆。祠堂内供奉秦良玉戎装画像。后人凭吊四川营遗址时曾留下"金印凤传三世将，绣旗争认四川营；至今秋雨秋风夜，隐约钲声杂纺声"的诗句。直至今日北京宣武门外当年秦良玉驻兵之处，仍保留有"四川营胡同""棉花胡同"一类的地名。她的英雄事迹在当时及后来的人民中流传得非常广泛。

◆一生抗清，至死不渝，是秦良玉一生军事活动的主流。秦良玉博得了当时广大人民的崇敬和爱戴，也赢得了后人的深切怀念。

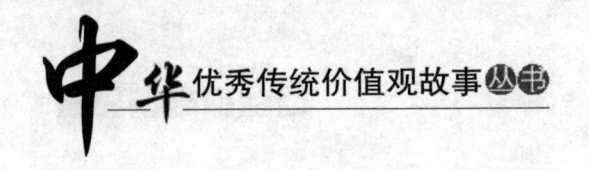

18. 一代闯王李自成

李自成，明末农民起义领袖，杰出的军事家。原名鸿基。

1644年3月19日中午，头戴毛帽，身穿着青布衣，骑着杂色黑马的闯王李自成神采奕奕，在农民军的护卫下，进入北京。明末的农民大起义历经十八年的浴血奋战，终于推翻了二百七十六年的明朝封建统治。

李自成1606年出生在陕西省米脂县一个农民家庭里，本名鸿基。由于生活贫穷，他小时给地主当过放牛娃。二十岁时，父亲因贫病交加离开了人世，家中仅有的一点田地也卖光了。二十一岁时，李自成到银川驿站当了马夫，他每天披星戴月、拼命干活，但一家人仍不得温饱，经常挨饿受冻，无奈只好向地主借债。因无力还债，李自成竟被米脂县令抓起来，遭受了拷打，还被戴上沉重的枷锁，在烈日下游街示众。这时，一个官府的恶棍又霸占了他的妻子。残酷的现实，逼得李自成再也无法压住心头怒火，他杀死那个姓艾的地主，逃亡在外，在甘肃当了兵。第二年他投奔了陕甘边界的农民军。当他所在的农民军首领王左桂等向明朝反动政府投降时，李自成毫不动摇，毅然同他脱离关系。

不久，李自成率领队伍，投到在陕西安寨县起义的高迎祥部下。那年他才二十一岁。

高迎祥是明末农民起义早期的杰出领袖，他对李自成那种不畏强暴的坚定意志很是赞赏，爱抚地称他为"闯将"，李自成也逐渐锻炼成为一名有胆有谋的青年将领。

后来，高迎祥在河南的起义军作战失利，便带兵转移到陕南，被十几万官兵逼近兴安地区的峡谷之中。这个峡谷有数里长，两侧高山耸立，出口与入口都被官军堵住。几十天的大雨不断，战士们的弓箭也被雨水浸坏了，人没有饭吃，马没有草料，起义军陷入了绝境。敌军乘势猛烈进攻，逼迫农民军投降。李自成心生一计，拿出大批钱财去贿赂敌军的将官，表示愿意接受招抚，回乡务农。敌军首领信以为真，答应了农民军的要求，派人押送农民军回家。农民军一走出峡谷，就在李自成的带领下，杀掉了敌军官兵，汇合了陕南的各路起义军，又形成了几十万人的队伍转战到河南去了。李自成的足智多谋使起义军摆脱了困境。

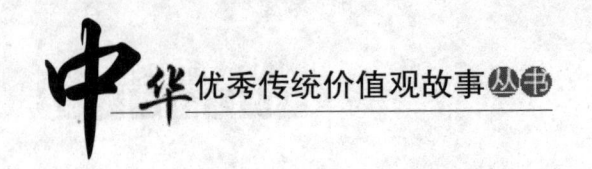

李自成不仅善于谋略，而且还富有军事指挥才能。在明政府派总督各省军务来围剿起义军时，高迎祥在河南荥阳召集各路首领开会，商议拒敌办法。会上，个别首领发生争论，意见始终不统一。这时，李自成站起来对大家说："一个人都能够奋战，何况我们有十万大军，官兵对我们是无能为力的。"接着，他提出了"分兵定向"的方针，即分兵五路阻击官军；高迎祥、李自成和张献忠率主力向东进攻；另派一路往来策应。高迎祥、李自成率领主力，十多天内转战千里，直趋凤阳。明政府在凤阳设有重兵防守。起义军迅速攻克了凤阳，焚毁了明皇帝的祖坟，给明统治者以巨大的打击。

不久，高迎祥不幸被俘牺牲，李自成有胆有识，英勇无畏，被一致拥戴为"闯王"，继续坚持战斗。

李自成所走的战斗道路是艰苦的。做了"闯王"后，他率领农民军，转战于安徽、湖北、四川、陕西各地，强大的攻势，引起了明政府的极大恐慌。明政府又策划了一个全面围攻义军的恶毒计划，调动反动军队十多万人，把李自成的义军引入到包围圈内。经过一场血战，数万将士壮烈牺牲，李自成仅率十八人突出重围。战争虽然失利了，但李自成的顽强斗志并没有动摇。他怀着满腔仇恨祭奠了死去的战友，之后便带领那十八人白天在山林中开荒种地,招兵练武,晚上学习兵书,总结经验教训,准备新的战斗。他曾写了一首诗来抒发当时的情怀:"收拾残破费经营,暂驻商洛苦练兵;月夜贪看击剑晚,星晨风送马蹄轻。"

不久,李自成又一次举起了闯王大旗,带领经过重新组织、训练的起义军,先入四川,然后又转战河南,队伍不断发展壮大。当时中原一带自然灾害十分严重,旱灾和蝗灾连年发生,庄稼颗粒不收,百姓饥寒交迫,吃树皮、咽草根。可是官府照旧催征田赋,百姓怨声载道。李自成非常同情农民的疾苦,针对土地高度集中、赋税十分繁重的状况,鲜明地提出了"均田免粮"的革命纲领,"均田"就是分给农民土地,"免粮"就是减免赋税。还提出了"平买平卖""割富济贫"的口号。他主动团结知识分子,严肃军队纪律,要求将士爱护百姓,不准侵害百姓,同时狠狠打击那些贪官污吏,这些办法得到了广大人民的热烈拥护。当时,许多地方流行着歌颂闯王李自成的歌谣:"杀牛羊,备酒浆,开了城门迎闯王,闯王来时不纳粮!"农民、城市贫民、手工业者都踊跃地参加起义队伍,一下子起义军壮大到几十万人。

1641年李自成指挥大军进攻洛阳,洛阳地处中原的交通要冲,是明万历皇帝朱翊均的儿子、恶贯满盈

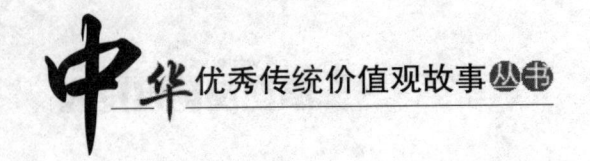

的福王朱常洵住的地方。李自成率领十万农民军，把洛阳围得水泄不通，在一个风雪交加的清晨，从四面八方发起攻势，一部分守军起义，开门迎接农民军进城，烧毁了城楼，生擒了福王朱常洵。李自成向众人宣布："福王这个纸醉金迷的家伙，平日里盘剥穷人，让我们冻死饿死，今天我要把他宰了，给乡亲们报仇！"在一片欢呼声中，脑满肠肥体重三百斤的福王被当场处死。洛阳人民无不拍手称快。农民军从王府中抄出数十粮食和数十万金银，李自成下令："除一部分留做军用外，一律分给百姓。"群众踊跃参军，队伍很快扩大到一百多万人。这年年底李自成领导的农民军打下了河南十四个州县，成为全国农民武装斗争的中心。攻占洛阳以后，在中原打了几个战役，并三次围攻省城开封，基本上摧毁了明朝政府在河南的军事力量，然后起义军南下湖广，占领了湖北襄阳，起义军把襄阳改为襄京，李自成自称"新顺王"，初步建立了农民革命政权。不久，李自成宣布建立"大顺"国，改西安为西京，定年号为"永昌"。紧接着起义军便开始攻占北京。李自成率领军队兵临城下，在起义军强大的攻势下，守城的军队不战而降。崇祯皇帝见大势已去，在绝望之中跑到宫廷后面的煤山（今北京景山）上吊自杀。李自成率领大军在北京人民的欢呼声中入城，从承天门（天安门）

进了皇宫。

后来由于李自成等起义首领被胜利冲昏头脑，丧失了警惕性，结果受到地主武装的突然袭击，不幸壮烈牺牲。当时他才三十九岁。

◆李自成率领起义军出生入死，转战南北十五年，完成了推翻明朝腐朽统治的伟大使命，为后人所景仰。

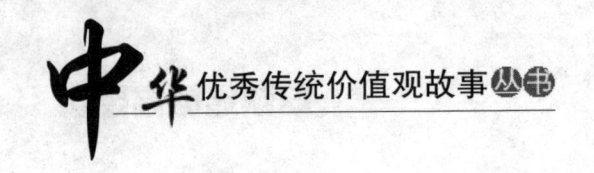

19. 抗清英雄张煌言

张煌言，字玄著，号苍水，浙江宁波鄞县人。南明儒将、诗人、民族英雄。

张煌言生于明朝末年，是一位著名的抗清将领和民族英雄。

张煌言从青少年起就关心国家大事，经常习武，武功很深。二十五岁那年，明王朝就被农民起义推翻了。从那时起他就置身于抗清的斗争之中，直到殉难，历时整整二十年。

弘光元年（1645年），张煌言和同乡钱肃乐等人一起在宁波起义抗清，他们多次进攻和占领清军驻守的县城。清政府振遣大将带领重兵围剿这支起义军。张煌言等人与敌人浴血奋战，终因寡不敌众而失败了。斗争的挫折并没吓倒张煌言，他决心重整旗鼓，再建义军。他孤身一人返回家乡，向父母妻子诀别，抱定必死的决心，随鲁王来到石浦。鲁王任命他为大将张名振军的监军。他同张名振率领军队进至崇明，忽然遇到大风，战舰沉没，张煌言不幸被俘。在当地群众的帮助和引导下，他很快就从狱中逃了出来，绕道回到上海。不久，他又着手在平冈、上虞一带组织抗清队伍。他的义军纪律严明，战斗力强，深受人民群众的拥护和支持。因为他治军严整，严格规定不准士兵劫掠、骚扰百姓。

1650年，鲁王在大将张名振的拥戴下据守舟山，召张煌言入卫。不久舟山遭到清军重兵围困，最后失守。张煌言、张名振保护鲁王退守金门，投奔郑成功，在这以后的几年里，张煌言带兵攻下崇明、镇江、金山、舟山等地，给清军以沉重打击。又经常出没在浙东沿海一带，不断攻下一些城池，成为清朝统治者的心腹之患。张名振去世后，张煌言成为这支军队的最高统帅。

1659年5月，延平郡王郑成功率领全军北伐，因为张煌言熟悉长江一带形势，便选他做先锋，当时，清军在金山、焦山一带，用铁索封锁，切断航路，两岸又埋伏着几百门西式大炮，许多木排在江中来回游动，木排上也架设着大炮，防守非常严密。张煌言奋勇当先，带领一百来只兵船攻入长江，乘风逆流而上。刚刚经过焦山，他见风势很猛，立即传令水手们砍掉铁索，飞快划桨直冲过去。这时，两岸大炮齐

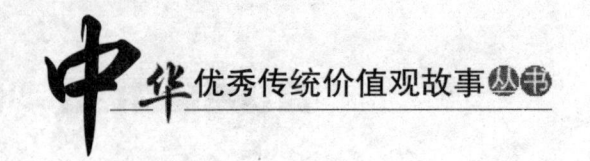

发，响声如雷，炮弹像闪电般地向他们射来，张煌言指挥仅剩下的十七只船队冒着密集的炮火冲锋，夺取了清军的木排。两岸清军见势不妙，望风而逃，义军一举攻占瓜州。

为了进一步扩大战果，联络长江中上游各地的抗清力量，郑成功决定渡江攻取镇江。张煌言主动要求率领自己的部下，直捣观音门，牵制南京方面的来敌。他所率不足万人逆江而上，很快攻下仪真，进取六合，逼近观音门。同时，张煌言又果断地分出一部分兵力攻下芜湖等州县，使南京陷于孤立。张煌言军所向披靡，在很短的时间内，共收复四府、三州、二十四县。各地抗清领袖闻风而至，真心诚意地接受他的指挥，请求换上他的军旗，一时军威大振。

清王朝急忙调兵遣将，对张煌言军围攻堵截。张煌言带兵长驱直入，收复了宁国，正要直取九江的时候，不料郑成功没有很快发动攻势，并退出长江，返回福建去了。这使张煌言陷于孤立无援的境地，他只好暂时退守芜湖，来压制上游的敌人。这时清军一面派重兵封锁长江，截断张煌言的退路；一面调动大批清军包围了张煌言的义军。突围中，张煌言镇定自若，指挥军队奋勇冲杀。突出重围之后，他率领残部退入鄱阳湖，准备在江西重建抗清根据地。不料清军夜袭舰队，舰队惊散，所剩无几。张煌言只得改变计划，打算由旱路转移到大别山区。清军大队人马仍紧追不放，当撤退到东溪岭时，便被清军团团包围了。张煌言身临绝境，拒绝了清军的诱降，奋不顾身，勇敢地杀入敌群，左冲右突，杀伤清兵十数人，夺路突出重围。这时他看看身边，仅剩下一个僮仆跟着他了。他无比悲痛，但如此沉重地打击并没有使他屈服，在逆境中，仍雄心勃勃，决心东山再起。

不久，张煌言乔装，更名换姓，昼伏夜行，在群众的掩护下，越过崎岖的山岭，行程二千余里，辗转回到浙东。一路上历尽千辛万苦，脚趾流血，脚跟开裂，身患疾病，折磨得骨瘦如柴，每走一步都汗如雨下。但他信心百倍，认为自己只要能回到浙东，很快就会重新建立起一支新的抗清队伍。

张煌言从天台山回到海边，继续举起反清旗帜，马不停蹄地四处收集旧部，招募新兵。郑成功也派出军队支援他，一支新军迅速地组建起来了。虽然人数不多，但士气高昂，很有战斗力。清王朝把这支义军视为眼中钉，肉中刺，想尽一切办法要把它剿灭。

清顺治十八年（1661年），清王朝下令强行迁移浙江沿海居民，断绝人民群众对义军的接济，张煌言军的处境更加困难了。康熙三年（1664年），清政府调集重兵进攻张煌言，双方在海上展开激战。义军士兵在张煌言的带领下个个作战勇敢，给清军以很大的杀

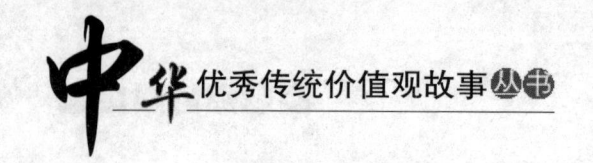

伤，但终因敌我力量悬殊，最后失败了。张煌言被迫率领残部退到一个小小的海岛上。这个小岛荒凉偏僻，无人居住，怎么能长期坚守呢？张煌言决定将兵士疏散到民间去，免去无谓的牺牲，待时机成熟再招集他们。张煌言在小岛北面的峭壁下面搭起茅草棚子住了下来，身边只有几个人。他们时常驾着小船，乘风破浪，出没在台州、宁波一带，没人知道他们的住处。张煌言又养了两只猴子，来侦察敌人的动静。外来船只距离小岛二十里光景，猴子在树顶上望见了，就大声鸣叫起来报信。后来因为缺少粮食，派人到普陀去买米，才暴露了踪迹。原来浙江提督张杰深恐张煌言终必为"患"，发布通缉令，四出搜捕，又出重金募人，以便暗中查访。有个从前在张煌言手下做过小军官的人，贪图得到悬赏，奉命扮成僧人，住在普陀山下，探听张煌言的下落。张煌言身边的人去买米时，碰到了那个小军官，因为他是旧部下，又误以为已出家，不曾防备，所以被他捉住。在一个伸手不见五指的黑夜，这个可恶的叛徒带一批人从山后攀着藤，越过山岭，潜入小岛。张煌言来不及反抗，就被抓走了。

张煌言被押到宁波时，宁波市民聚集在大街两旁，像两堵人墙，他们多么想再看一眼这位英勇不屈的英雄啊！浙江提督张杰摆下丰盛的酒席招待张煌言，许以高官厚禄。张煌言沉痛地说："父亲死了，我未能给他安葬，国家灭亡了，我无力挽救，今天我只求一死罢了。"

清政府两江总督郎廷佐，浙江总督赵廷臣，过去曾多次写信劝张煌言投降。当张煌言被押到杭州以后，赵廷臣待如上宾，再一次劝他投降，要让他担任兵部尚书。张煌言说："我秉性拘执，不知悔悟。"并用手指心窝说："煌言只有此罢了！"然后无论赵廷臣怎样劝他，他都一言不发。接着被投入监狱，他开始绝食，并吟咏谈笑像没事儿似的。杭州人争着贿赂看守者，以求会见张煌言，也有人求他签字留念。

清廷诱降不成，为根除"祸患"，决定杀害张煌言。清康熙三年（1664年）九月初七，张煌言被押赴刑场，他昂首挺胸，满怀深情地遥望凤凰山一带，无限感慨地说："多么美好的河山！"想到自己坚持斗争了二十年，现在死也没有遗憾了。临刑前赋绝命诗一首："我年适五九（时年四十五岁），每逢九月七，大厦已不支，成仁万事毕。"从容就义。临刑时，刽予手让他跪下，他却昂首挺立，面不改色。清代大学者黄宗羲曾写下这样的诗句："慷慨赴死易，从容就义难。"

张煌言遇害的前几天，他的妻子和儿子已相继被害。他虽然没有亲人了，但是人们深深敬佩他，有人

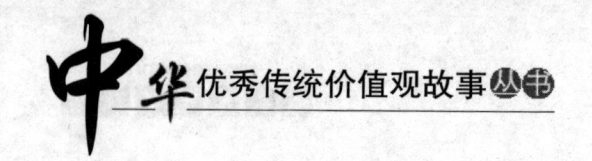

收拾他的遗体,还有人拿出银两买回他的头,合成全尸。人们遵照他的遗愿,把他安葬在杭州南屏山荔子峰下岳飞和于谦两位英雄的坟墓之间。他的墓前经常有人祭奠,尤其每当寒食节那天,祭扫的人更是络绎不绝。

◆在抗击清兵十九年战斗生涯中,张煌言出生入死,转战千里,三渡闽江,四入长江。战功显赫。他被俘后,不为官禄引诱,誓不招降,并写下了壮志凌云、慷慨激昂的爱国诗《入武林》和浩气长存的《放歌》以明志。

20. 民族英雄郑成功

郑成功，原名郑森、明俨，号大木，生于福建泉州南安，明朝末年人。他是三百多年前祖国宝岛台湾的收复者，威名赫赫的民族英雄。

郑成功的父亲郑芝龙，早年在日本经商，积蓄了无数家资，拥有田庄、武装、商船、战舰。但最值得他骄傲的是，他有一个能文能武、英俊有为的儿子郑成功。就连当地很有名望的人都夸奖郑成功，说他将来准能成就一番大事业。

有一天，郑芝龙带着郑成功去见唐王。郑成功在唐王朱聿键面前，直言不讳，指责弘光朝败坏，就败坏在阮士英、阮大铖这些小人手里。唐王见郑成功很有见识，特别宠爱，赐他姓朱，改名成功，封他为招讨大将军。在当时，能够和皇家同姓是一种荣耀，因此人们后来都尊敬地称郑成功为"国姓爷"。

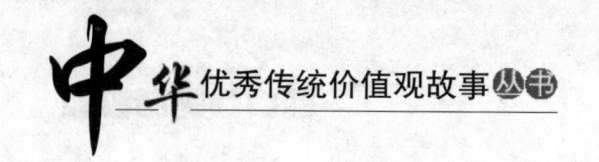

不久，唐王被清兵杀害，清军攻入福建。郑成功的母亲因受侮辱上吊自杀，郑芝龙见大势已去，投降了清朝。清朝政府逼迫他写信劝郑成功投降。

二十三岁的郑成功当时还是个书生，他见父亲如此屈辱投降了清朝，十分气愤，便一气跑到孔庙，烧掉了自己身上穿的儒服，然后在厦门组织起一支抗清义军。兵力弱小的义军，当然不是清军的对手。他率领义军南征北战，连连失利，地盘越缩越小。怎么办呢？郑成功焦急万分，日夜思谋着能在哪个安全的地方立脚的问题。

恰在这时，从与福建隔海相望的台湾来了一个叫何斌的人，他要见郑成功。郑成功听说他是从台湾来的人，马上和他会见，并进行了密谈。

原来早在明天启四年（1624年），有一伙荷兰殖民主义者来到了台湾，他们欺骗当地高山族人民说："只要给我们一张牛皮大的一块地方，付多大的代价都可以。"老实淳朴的高山族人民信以为真，答应了他们的要求。

可是这伙强盗耍了阴谋，他们将"牛皮"剪成"细丝"，互相连接，围占了大片土地。又用枪炮逼迫老百姓给他们盖起一座城堡，起名叫热兰遮堡（台湾城）。城堡的墙壁是用糖和糯米调和灌浆砌成的，十分坚固。后来，他们又在热兰遮城的对面盖起了另一座城堡，命名为普罗凡舍堡城（赤嵌城）。两座城堡隔海相望，封锁了通向台湾的海面。城堡里住着荷兰殖民者，他们手持刀枪据守着，不许中国人随便出入。从此，台湾岛中国居民更加困苦了，他们不仅要被荷兰人所役使，还要缴纳各种高额捐税，受到极其残酷的殖民剥削。对这伙殖民强盗，台湾居民无不恨得咬牙切齿。

郑芝龙年轻经商时，经常派商船到台湾贸易，有时途经台湾到南洋和日本去经商。荷兰人占领台湾后，常常无理干涉中国海外贸易，也常常与郑氏家族发生冲突。郑成功组建义军后，便下令禁止大陆船只到台湾去，不同荷兰人做买卖。大陆的商船不来，台湾的日用品就严重缺乏了，荷兰人十分着急。他们备了厚礼，派通事（翻译）何斌来到厦门求见郑成功，要求同大陆通商。

何斌是台湾汉族人的首领，他虽然明面上给荷兰人当通事，但内心却十分憎恨那帮强盗，恨不得早一天把他们从台湾赶走。他利用荷兰人对自己的信任，摸清了荷兰军队的部署情况，这一天，何斌一见到郑成功，连忙拜跪，流着眼泪说："台湾百姓受红夷（当时中国人对荷兰人的蔑称）欺凌三十多年，早就恨透了他们。请您想办法救救台湾的百姓吧！"说着，他从怀中掏出事先亲手绘制好的台湾地图，递给郑成

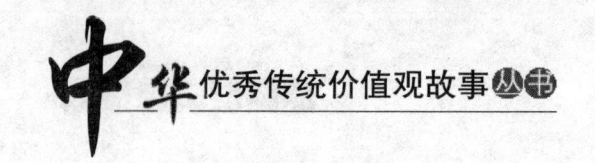

功，又详细讲明了台湾的水路变化及荷兰人的武器装备和设防情况。

郑成功正愁找不到立脚点，听了何斌的话心中立即产生了赶走荷兰侵略者，收复台湾的念头。他扶起何斌，嘱咐他说："此事先生千万不要声张，我胸中自有打算，将来事成之后，定有厚报。"

郑成功认真地挑选水兵，严格地加以训练，经过周密的准备，并赢得了绝大多数将士的积极拥护和支持。在顺治十八年（1661年）四月二十三日，他率领将士二万五千人，分乘几百艘战舰出发了。第二天到了台湾的门户澎湖，不巧遇上暴风雨，船只无法前进，只好暂时停泊在澎湖，等待天晴。可是过了一周，天气仍不见好转，郑成功担心这样下去会影响士气，还可能会走漏消息，就当机立断，下令各船只准备开航。中军船上的军官们，见风大浪高，恐怕发生意外，纷纷跪在郑成功面前，请求待风平浪静后再开船。郑成功斩钉截铁地说："厦门孤岛难以久住，我不得不冒风险收复台湾，作为练兵之地。你们传令诸船将领，不要惧怕红夷的炮火，看中军船的船首所向，衔尾前进。"

当天晚上，中军船头挂起帅旗，连发礼炮三声，擂起战鼓，船队冒着惊涛骇浪，驶离澎湖。四小时后，雨停云散，天气晴朗。三军将士欢呼跳跃，欣喜若狂，纷纷摩拳擦掌。

四月一日清晨，船队到达鹿耳门。鹿耳门是台湾的门户，那里水道狭窄，暗礁密布，号称天险，船只难以通过。郑成功让何斌作向导，并让他坐在中军船的船头，何斌按图指路，大小船只，左转右拐，绕过暗礁，悄悄地通过了鹿耳门，驰向禾寮港。

台湾居民听说祖国大陆郑成功大军来了，无不欢欣鼓舞，纷纷奔走相告，数千人赶着牛车争先恐后接引郑军登陆。不到两小时，郑军几千名登陆大军全部上了岸。

天亮后，荷兰人才得知郑军登陆的消息。荷兰总督揆一用望远镜一看，只见海上、陆上，到处都有中国军队。他不知道这是怎么回事，惊愕地大叫："上帝！鹿耳门早已淤浅，中国船队难道能飞过来吗？"他万万没有想到中国军队来得这么快，这么突然，简直是天兵天将。他慌忙下令开炮，更没有想到中国战船紧跟中军船，已经避开了他们的炮台，插到了热兰遮堡和普罗凡舍堡之间，隔断了这两个据点之间的联系。

敌人的大炮不管用了，揆一急得团团转，哇哇叫，急急忙忙派兵从海上和陆上分头迎战。陆上的荷兰人指挥官名叫贝尔德上尉。此人十分狂傲，他一接到命令，就拍着胸脯，趾高气扬地说："中国人天生受不了火药的气味和毛瑟枪的响声，只要放一枪，他

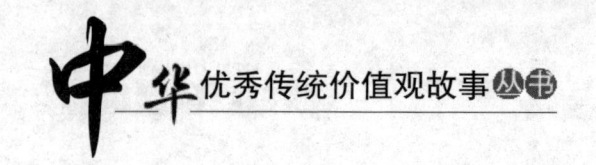

们就会四处逃命，全部瓦解。"他先做了祷告，祈求上帝"保佑"，然后命令手下的二百四十名士兵排好队形，接着向郑成功的军队挑战了。

郑成功沉着迎战，他派四千陆军兵分两路，一路从正面拒敌，一路从侧翼包抄，箭矢像雨点般地射向敌人。荷兰侵略者见中国人如此勇猛善战，吓得魂不附体，还没开火就乱了手脚，有的干脆把枪一甩，抱头就逃。郑成功率领陆军将士乘胜追击，击毙荷兰指挥官贝尔德上尉和他手下一百一十八人，缴获了许多军械。

同样，郑军在海上也取得了胜利。荷兰战船高大坚固，在浅水中却不灵便。郑军船只虽然小，但却灵活敏捷。荷兰人仅有三艘战舰，每艘战舰都被郑军数十只小船团团围住，根本动弹不得。

开战不久，荷兰最大的王牌战舰随着"轰"的一声炮响，便被爆炸沉入海底。其他两艘见势不妙，一艘调转船头逃往外洋，向荷兰人在南洋的据点巴达维亚（今印度尼西亚雅加达）报信去了；另一艘一溜烟地逃回热兰遮堡城下，依靠炮台掩护，再也不敢轻举妄动了。

郑成功率军入台取得了胜利。接着，他又全力逼近台湾城。荷兰侵略者头目揆一虽然吃了败仗，但他并不甘灭亡，阴谋玩弄缓兵之计，妄想长期霸占台湾。他派遣使臣去见郑成功，表示愿意出十万两白银给郑成功的军队充饷，年年纳贡，请求郑成功退兵。郑成功识破了侵略者的阴谋，断然拒绝了揆一的请求，他义正词严地说："台湾是我们先人的故土，你们必须立刻退出。我今天来这里就是为了收回故土，谁稀罕你们的金钱，请你们统统拿走，如想借此赖在台湾不走，那是痴心妄想！"

于是，郑成功一面调集兵力，集中了多门大炮，一面在附近地区观察地形，了解民情，努力争取得到台湾各族人民的支持。他还发信警告敌军：中国的领土谁也不能侵犯！如果顽守不投降，郑成功便亲自指挥，下令开炮。顿时炮声隆隆，硝烟四起。但是台湾城异常坚固，而且敌军炮火也很猛烈，为了减少伤亡，郑成功听取了部下的意见，决定采取长期围攻的办法，切断台湾城对外的一切水陆交通，荷兰侵略者成了瓮中之鳖。

围困了四个月后，巴达维亚荷兰东印度公司派兵增援。郑成功同援军进行了短兵相接的战斗。交战一小时，荷兰援军大败而逃。围攻七个月后，郑成功决定攻城。一声令下，总攻开始，将士们奋不顾身，犹如猛虎冲入敌阵，只见硝烟弥漫，火光冲天。人民群众也踊跃支前，纷纷奔向战场。被长期围困的荷兰殖民强盗，已经饥渴病伤，狼狈不堪，几乎丧失了战斗

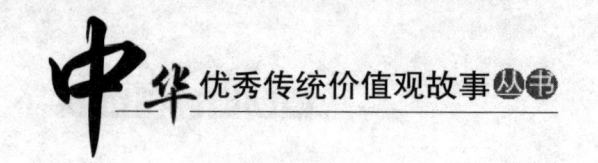

力。激烈的炮火把荷军打死了一千六百多人，所剩无几，侵略者头目揆一万般无奈，只好宣布投降，带着残兵败将灰溜溜地逃离了台湾。

经过九个月的艰苦奋战，被殖民者霸占了三十八年之久的台湾岛于1662年2月1日终于重新回到了祖国的怀抱。郑成功感慨万分，他回首过去的艰苦岁月，吟出了千古不朽的著名诗句："开辟荆榛逐荷夷，十年始克复先基。田横尚有三千客，茹苦间关不忍离！"

◆郑成功收复台湾的壮举，赢得了当时和后世人民的无限钦佩和景仰，人民无不缅怀这位伟大的民族英雄。郑成功抗击侵略者的伟大爱国精神，将永远激励着人们为完成祖国的统一大业而奋斗。

21. 十七岁的抗清英雄夏完淳

夏完淳，原名复，字存古，号小隐、灵首（一作灵胥），乳名端哥，汉族，明松江府华亭县（现上海市松江）人，明末著名诗人，少年抗清英雄。

夏完淳，松江府华亭县（今上海松江区）人，生活于明末清初。为了反抗外族侵略，他英勇顽强，战斗到生命的最后一息，壮烈牺牲时，年仅十七岁。

他的父亲夏允彝在江南一带是一位颇有名望的知识分子，博学多识，为人正直，又是一个爱国文学团体——"几社"的领袖之一。他大胆揭露明末黑暗腐败的政治，抨击权奸。他为官廉洁明断，打击豪强恶霸，平反冤狱，深得民心，夏完淳在这样的家庭里，从小耳濡目染，受到良好影响。而且夏允彝很注重对儿子的教育，不仅鼓励他认真读书，还很慎重地为儿子选择良师，先后请了张溥、陈子龙等有名学者当他

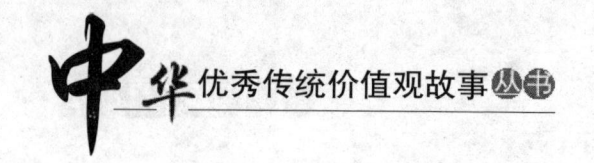

的老师。

夏完淳有很高的天赋。在教师的指导下，他五岁就能讲述《论语》，六岁时和长辈交谈，对答如流。九岁时已经写了一部诗集《代乳集》。被人称为"神童"。

夏完淳从小就关心国家大事。五岁时随父亲去福建长乐，经常阅读父亲官府里记载朝政的文书和有关的政治情报。五年后，随父亲回到家乡。这时，他和一些少年朋友模仿父辈的样子，组织了一个叫"西南得朋会"的小团体。大家常常在一起研究诗文，谈论国事，探讨救国救民的良策。当时明王朝日益黑暗腐朽，北方边境形势紧张，他忧心忡忡，十分关注国家的安危。有一次家里来了客人，席间他对着客人纵论国家的御边战争和边防上的情形，他伯父制止他说："小孩子家，在客人面前啰唆什么！"但是他的见解深刻，感情热烈，深深地吸引了客人。

清兵进攻江南时，夏完淳只有15岁。在这国难当头、山河破碎的时刻，他热血沸腾，义愤填膺，离别了新婚的妻子，同父亲一起投入抗清的爱国武装斗争。他和他的父亲以及陈子龙、徐孚远等"几社"的盟友，经过谋划决定以吴志葵的三千水军为主力，分头联络义军，协同作战，夺取苏州，直下杭州、南京，收复江南。然后夏氏父子来到驻在吴淞一带的吴志葵所率的明军中。吴志葵原是夏允彝的学生，夏允彝利用师生之交，发动他起义抗清。他们抓紧进行攻打苏州的准备，共同研究军务，部署战斗。战斗打响之后，先锋部队一举攻进苏州城，苏州附近的其他义军也起来响应。这时夏氏父子建议吴志葵迅速增援冲入苏州城的先锋部队，速战速决。但是吴志葵为了保存实力，全然不顾夏氏父子的正确主张，犹豫观望，迟迟不派援军。清军趁先锋部队孤立无援之机，疯狂反扑，结果义军三百名将士全部壮烈牺牲。吴志葵见此情形，再也无心恋战，打算撤兵逃跑。夏氏父子哭泣劝阻，极力主张攻城，但是没能挽留住吴志葵。他们含泪拜别将士，又在苏州城下停留了几天才忍痛离去。

　　后来义军被清兵各个击破，吴志葵被俘就义。夏允彝因感到自己无力挽救民族危亡，便决定以身殉国。他把自己的著作《幸存录》的手稿交给夏完淳，吩咐儿子继续写下去；又叮嘱儿子变卖家产，充作军饷。然后，他怀着满腔悲愤跳进松江自杀了。

　　斗争的挫折并没有吓倒夏完淳，而使年少的夏完淳更加成熟了。面对国仇家恨，他毫不退却，和他的老师陈子龙，岳父钱旃饮血酒盟誓，决心抗清到底。他们又一起参加了吴日升领导的义军，在太湖一带进行活动。吴日升很器重这个十五岁的少年，让他担任义军的参谋，负责制定作战计划。后来他们又和江浙

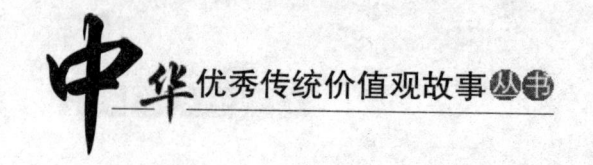

一带的鲁王政权取得了联系，夏完淳被任命为中书舍人。

在清军的猛烈进攻下，义军最后还是失败了。吴日升和陈子龙相继牺牲。可是夏完淳仍然满腔热情地到处奔走，在太湖地区联络抗清义士。他还写了大量诗篇，抒发忧国忧民的思想感情。

顺治四年（1647年）秋天，夏完淳写给鲁王的一封奏折不慎被清军查获。几天之后，清兵闯入他家，把他和他的岳父钱栴一起抓住。被捕时，他大义凛然，无所畏惧，对人们说："天下怎能有害怕敌人、躲避祸患的夏完淳呢！假如我死后的尸骨，能埋在大明皇帝的墓旁，千载之下，我也不会有恨了。"

夏完淳被押到南京，降清官员洪承畴听说博学多才、声震江南的"神童"夏完淳被抓到了，就马上下令把夏完淳带上堂来，要亲自劝诱他降清。

在大堂上，夏完淳昂首挺立，坚决不肯跪下。洪承畴假惺惺地说："你还是个孩子，懂得什么，哪能够领兵造反呢！一定是上了好人的当。看你年幼无知，实在可怜。只要肯归顺我朝，回去好好读书，本督将会保你高官厚禄。"

夏完淳明知道审问他的正是洪承畴，却故意装作不知道，认真地说："我曾听说大明朝有个杰出人物亨九（洪承畴，字亨九），他在战斗中身先士卒，壮烈殉国。我虽然年幼无知，可早就仰慕他的忠烈。我如今要像他那样杀身报国，决不投降。"

洪承畴身边的人以为夏完淳真的不知道审问他的是谁，就悄悄地告诉他，现在端坐在堂上的就是那个投降清朝的亨九先生。

夏完淳听了，冷笑着说："亨九先生早已殉国，天下哪个不知道？当时大明皇帝（崇祯）流着热泪亲自设祭，文武大臣东向遥拜，失声痛哭。你们这些小人是什么东西，狗仗人势，竟敢假冒忠臣的大名，污辱忠魂，实在可恨可恶！"

洪承畴原以为，这样一个十六七岁的毛孩子很好对付，根本没有把他放在眼里。不料夏完淳竟然当着文武百官，口口声声称他是以身殉国的大明忠臣，真是又羞又恼，张口结舌，无地自容，好半天才有气无力地把手一挥："带下去。"夏完淳被关进牢狱。他知道洪承畴不会放过自己，根本不把生死放到心上。虽然被监禁，但他坦然自若，谈笑风生，终日吟咏不停，写下了有名的《狱中上母书》《遗夫人书》和诗集《南冠草》。在《狱中上母书》中，他向母亲表白了自己忠贞不屈的爱国之心，安慰母亲说："人生谁不死，最要紧的是要死得有价值。为国而死，虽然死了也没有遗憾。"他还相信国仇家恨，有日可报，以"报仇在来世"激励自己，慰勉家人。

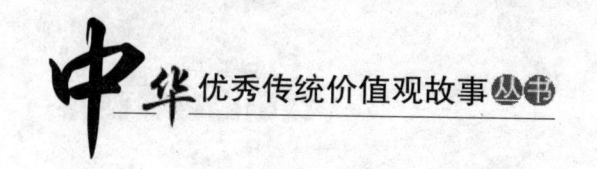

夏完淳的岳父与他关在同一狱中。他发现岳父常常愁眉苦脸，言谈话语中时而流露出乞求活命的心愿。夏完淳就用民族大义开导他，激励岳父说："当初我们与陈公（陈子龙）一同歃血起义，江南人民莫不踊跃参军。今日兵败被擒，我父大人一起慷慨就义，好对得起陈公及死难的义士，这堂堂大丈夫。怎么能贪生怕死，在人世间苟且偷安？"说完，他又写了一首诗赠给岳父钱栴："乐今竟如此，王郎又若斯。自羞秦狱鬼，犹是羽林儿。月白劳人唱，霜空毅魄悲。英雄生死路，却似壮游时。"

夏完淳一身浩然正气，他把为国牺牲视为出游那样平常，这种大无畏的英雄气概深深地感染了钱栴。他从此坚强起来，专心吟咏诗句，写下了好些慷慨悲壮之作。

那年秋天，夏完淳和钱栴等三十多人，在南京西市刑场同时被害。临刑时，夏完淳神色不变，昂首挺立，刽子手却战战兢兢，不敢正视这位年仅十七岁的少年英雄。

◆夏完淳殉国后，有人把他的尸骨运回松江，埋葬在小昆山下荡湾村夏允彝墓旁。夏氏父子之墓，受到后世人们的瞻仰凭吊，成为当地的胜迹。夏完淳那充满爱国豪情的诗文，也受到人们的珍视，成为我国文学宝库的珍贵遗产。

22. 满族抗俄名将萨布素

萨布素,清初宁古塔(黑龙江宁安市)人。满族镶黄旗人,姓富察氏。中国清代康熙年间抗俄名将。

自十七世纪中叶起,沙俄就开始派军侵略我国的黑龙江流域。这些强盗在中国的土地上烧杀抢掠,甚至灭绝人性地吃人肉。当时清政府迅速加强东北边疆的防务,派兵同沙俄侵略者进行较量。在抗击沙俄的斗争中,成长起一位杰出的爱国将领——萨布素。他勇略过人,为人正直有礼。

萨布素,富察氏,满族,宁古塔(今黑龙江宁安)人,约生于17世纪30年代。萨布素自幼熟读《三国演义》《孙子兵法》,喜欢挽弓射箭。少年时常随父亲牧马,为父亲分担劳务,同大人一起参加围猎,接受严格的军事训练。萨布素到了十六岁的时候,已经出落成一个英武的少年,勇力过人,骑射娴熟,机智

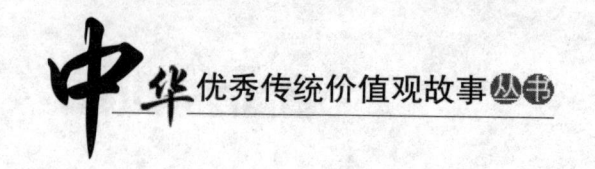

而沉着。这时,清政府为了加强黑龙江流域的防务,特设了宁古塔行政区,并委派富有作战经验的沙尔虎达将军在此镇守。沙尔虎达到任后,立即整顿军备。萨布素于是应征入伍,而且不久就被提升为"笔帖式",主管军中的文墨事务。

沙尔虎达经常寻找沙俄侵略军,主动出击,屡获胜利。1658年7月,沙尔虎达率领清军分乘四十七艘船舰进剿斯杰潘诺夫匪徒。在松花江口附近,清军与沙俄侵略军遭遇。沙尔虎达指挥清军船队将敌船拦截,用火炮轰击,俄军大乱。清军乘势逼近敌人,登上敌船挥刀格斗。经过激战,俄军二百七十人全部被歼,包括俄军头目斯杰潘诺夫。

萨布素在沙尔虎达麾下,参加了历次战斗,表现得机智勇敢。一次与同伴追击一股俄兵,眼看他们登船要逃走,就打马入水泅过去。俄兵向他射击,他就藏在马肚子下。俄兵以为他受伤淹死了。可是萨布素潜入到敌军船下,用刀将敌船捅开一个大洞。船沉了,船上的敌军全淹死了;而萨布素却安然无恙,泅回岸边,上了岸。沙尔虎达很赏识他,提升他为骁骑校,成了一名军官,开始带兵作战。

沙尔虎达逝世后,他的儿子巴海继任父职。萨布素在巴海的指挥下,经常外出独立作战,屡立战功,职位由骁骑校逐渐提升为防御、佐领、协领,一直到副都统。

1680年，沙俄为了进一步加强对中国黑龙江流域的侵略，成立了尼布楚军区，增派了兵力，并以雅克萨（今漠河东、呼玛西北黑龙江北岸）为基地，经常派兵四处骚扰，残害那里的雅喀人、赫哲人、鄂伦春人。

当时康熙皇帝在解决了内地的战乱之后，迅速将注意力转移到边防上来。1682年，康熙东巡，在巴海、萨布素的陪同下，瞻仰了满族发祥地长白山。他还检阅了清军，详细了解了边疆防务和沙俄入侵的情况，决心出师北伐，全面反击沙俄侵略军。他回到北京后，为了从根本上巩固边防，决定在黑龙江流域建城，进驻清兵，与俄军对垒。又命令制造战舰，调集乌喇、宁古塔一千五百人，由巴海、萨布素率领，向黑龙江挺进，不久巴海因故免职，北进的任务就主要落在了萨布素的肩上。

1683年夏，萨布素的舰队由松花江驶入黑龙江，溯流而上，抵达瑷珲。他迅速组织人力建立城堡，派出了哨卡，又自瑷珲至乌喇设置了许多驿站，准备以瑷珲为基地，攻下俄军盘踞的雅克萨，歼灭沙俄侵略军主力，收复被他们占据的甲国领土。

萨布素不断出击，扫除黑龙江中、下游的俄军据点。同时，按康熙皇帝旨意，给雅克萨城守军总管伊

— 121 —

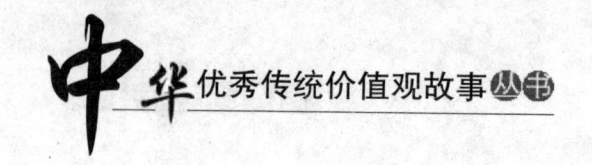

凡·沃伊洛奇尼科夫写了一封信，谴责沙俄侵略军侵犯中国领土，杀掠中国人民的罪行，希望他们撤出中国领土。然而他不但不听，还继续顽抗，并向尼布楚等方面请求援军。

萨布素经过谋划和准备，粮草丰足，士气高昂。来自乌喇、宁古塔、北京、盛京的满族官兵，与来自福建、山东、山西、河南等地的汉族官兵，也已集结在瑷珲，加上当地的达斡尔、索伦兵，共计有三千人左右。1685年，水陆大军在战鼓声中齐向雅克萨进发。6月下旬，各路清兵到达雅克萨，将城围得水泄不通。然后用猛烈的炮火轰击雅克萨城，战士在炮火掩护下呐喊冲杀。城中的俄军士气低落，一片混乱，死伤惨重。经过几天的激战，城中的许多建筑被清军的炮火摧毁，俄军士兵缺粮断水。这时，清军又在城下堆起柴草，准备放火。俄军头领托尔布津绝望了，向清军请求投降。萨布素在托尔布津保证"今后绝不敢再侵犯中国"后，把他们全部释放了。

可是沙俄侵略者野心勃勃，他们并没有放弃向黑龙江扩张的计划。托尔布津领着残兵败将回到尼布楚后，这时由拜顿率领的援军也到了尼布楚。沙俄侵略军的力量加强了，于是不久又偷偷派军重新回到雅克萨，建筑了比以前还坚固的城墙，储备了大量的粮食和弹药，康熙得知消息后，命令萨布素等将领"速行扑剿"雅克萨俄军。1686年，萨布素等人率清军进逼雅克萨城，先向俄军警告，奉劝他们"返回本土"，不然则加以消灭。托尔布津对警告不予理睬，还派兵出城鸣枪放炮，打击清军。萨布素命令部下用大炮还击，打退敌人。接着，清军在城北用炮火向城内轰击，在城南派军冲击攻城。托尔布津力图阻止清军逼近，就派兵出城迎战，但在清军炮火下，死伤很多人。清军乘势挥刀杀入敌军，俄军败回城中。

经过几天激战，先后击毙俄军六百多人。然而当时的兵器不如俄军，不适于攻坚。萨布素于是采取围困战术，在江面上布好战舰日夜巡逻，在城的另三面挖掘深沟，筑起土垒，四面将城团团围住。托尔布津率军出城反攻，不仅未见效，反而身负重伤，几天后就死去了。沙俄的援军到了雅克萨外围后，见清军防备森严又溜了回去。

城中俄军的处境极度困难，很多人得了坏血病死去，到十一月，只剩下一百五十来人了。沙俄政府得到失败消息后，无可奈何，只好接受了中国政府提出的通过谈判解决中俄边界的建议。清政府于是下令解除雅克萨之围，城中活下来的侵略者才得以逃回。

1689年8月，清政府在谈判中对沙俄政府做了很大让步，答应把原来属于中国的贝加尔湖以东及尼布楚

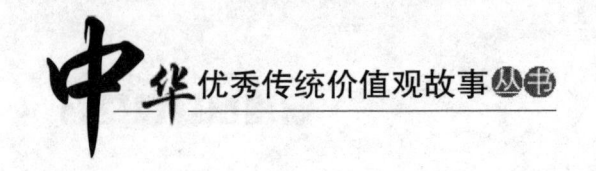

以西地区割让给沙俄，双方签订了《尼布楚条约》。

在《尼布楚条约》签订以前，中国西部蒙古四部之一的准噶尔首领噶尔丹，就已经勾结沙俄，发动了叛乱。1696年，康熙亲自率大军征讨。萨布素奉命作为东路军总指挥，参加了这场进剿叛乱的战争。噶尔丹在清军的压力下，向西逃窜。清军继续进剿，噶尔丹众叛亲离，走投无路，服毒自杀。这次叛乱从而被平定。

1700年，萨布素将军逝世。当时流放在宁古塔的爱国诗人吴兆骞，曾赋诗歌颂萨布素，把他比作汉代的名将霍去病和马援。诗中说："彤墀（指朝廷）诏下拜轻车，千里雄藩独建牙（牙，指牙旗，即军旗）。共道伏波（指伏波将军马援）能许国，应知骠骑（指骠骑将军霍去病）不为家。星门昼静无烽火，雪海风清有戍笳。独臂秋膺飞鞚出，指挥万戍猎平沙。"

◆萨布素将军戎马生涯多年，英勇抗击沙俄的侵略，为巩固国家的边防做出了巨大贡献，是清代一位杰出的爱国名将。

23. 民族英雄林则徐

林则徐,字元抚,又字少穆、石麟,晚号俟村老人、俟村退叟、七十二峰退叟、瓶泉居士、栎社散人等。汉族,福建侯官人(今福建省福州),是清朝后期政治家、思想家和诗人,是中华民族抵御外侮过程中伟大的民族英雄。

林则徐是清末一位著名的爱国主义英雄。他积极地领导了气壮山河的广东禁烟运动和抗英斗争,谱写了一曲中国人民反抗帝国主义侵略的壮丽篇章。

鸦片战争前,林则徐担任过考官、盐政等重要职务。他为官清正廉洁,关心百姓疾苦,决狱平冤,深受百姓爱戴,人称"林青天"。

当时的资本主义强国英国,利用鸦片(俗称大烟)作为"敲门砖";把侵略的魔爪伸向中国。两年间,全国吸毒的人数就达二百多万。林则徐极为忧

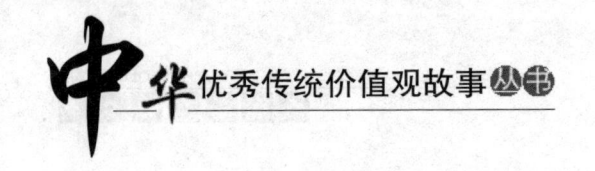

虑，他深知鸦片是"谋财害命"，不禁烟就要亡国，于是他不顾朝臣们的坚决反对，挺身而出领导禁烟运动。

林则徐忧心如焚，他向朝廷上书，忧愤地说："此祸不根除，十年之后，中国就没有抵御之兵，也没有充作军饷的白银了。"道光皇帝采纳了他的禁烟主张，任命他为钦差大臣，节制广东水师，火速前往广州查禁鸦片。

消息传出，立即遭到军机大臣穆彰阿等人的造谣中伤、百般阻拦和鸦片贩子的抗拒破坏。林则徐明知山有虎，偏向虎山行，下定"必为中国铲除这个巨大患祸"的决心。

1839年3月，林则徐一到广州，便雷厉风行地开展禁烟运动，惩办吸毒贩毒罪犯，收缴烟土烟枪，得到群众的热烈拥护和支持，这使他更信心百倍，他说："如果鸦片一天不绝灭，我一日不回朝廷，誓死禁止鸦片，绝不半途而废。"他与两广总督邓廷桢、广东水师提督关天培等严拿烟贩，整顿水师，惩办不法官弁。勒令他们交出全部鸦片，并乖乖地向中国政府保证"永不夹带鸦片"，"如有带来，一经查出，货尽没官，人即正法"。

英国代理人和鸦片贩子十分惊慌，感到大势已去，想蓄意破坏。林则徐派兵严密监视洋馆，断绝鸦片趸船和洋船的往来交通。洋馆里的中国雇工也群起包围洋馆，截住英国代表义律和企图逃跑的英国烟贩。义律无法逃脱，不得不命令鸦片贩子交出鸦片。在二十几天里，林则徐共收缴鸦片二百三十七万多斤，价值白银八百万两。

1839年6月3日，广州虎门海滩上人山人海，只见海滩高处挖好了两个大池。林则徐率领地方官吏，指挥搬运工和兵士们，先把鸦片和食盐倒入水池，然后抛进石灰，以铁锄木耙翻搅。一时间，石灰溶化，池水沸腾，浓烟滚滚，鸦片化为渣滓，冲入大海。一连二十几天，缴获的鸦片全部烧毁。这销烟办法来自群众，林则徐说："我们采纳了张醒狮的销烟好办法，不但节约了数万斤的木柴，同时烟销毁得又干净又彻底，连外国人都说我们这种办法好。"

虎门销烟壮举，大快人心，震惊中外。它"第一次向世界表示中国人民的纯洁的道德心和反抗侵略的坚决性，一洗多年来被贪污卑劣的官吏所给予中国的耻辱"。

虎门销烟之后，英国殖民者仍蠢蠢欲动。林则徐心中有数，他亲自视察海防，从国外购进大炮二百多门，日夜操练士兵，整顿军纪。还把当地的渔民武装起来，并向广州全城军民发出通告：如果敌舰侵入内河，准许人人动手杀敌。杀敌者论功行赏，不分职位高低，一视同仁。林则徐密切注意敌人动向，组织专

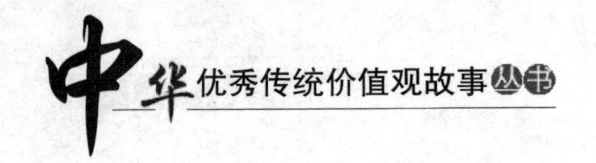

门人才用心研究国际形势，购买和翻译西方的书报。他编写了《四洲志》一书，帮助人们认清世界形势，他看到了我国军事技术和武器装备比较落后，落后就要挨打，主张学习西方的先进技术，增强中国抵抗外国侵略的能力。

1840年6月，英国战舰和其他船只四十多艘，士兵四千多人，公然侵略我国海面，挑起了第一次鸦片战争。

英国侵略军到达广东海面时，林则徐率领广东军民勇敢地追击敌人，乘夜黑涨潮时，林则徐派出水师兵士开动火船，顺风焚烧英船。英军一看大事不妙，无法侵占广州，便继续沿江北上，到达天津海口。这时，道光皇帝和投降派闻风丧胆，琦善对道光皇帝说："这次战争完全是由林则徐禁烟引起的，是他把事情办糟了，给国家和人民带来了灾难。"

道光皇帝听信谗言，撤了林则徐的职，命令他听候查办。林则徐悲愤已极，毅然上书，他激情满怀地写道：所谓禁烟引起战祸这纯属投降派的谰言，我们必须筹备军费，加强国防，我请求到浙江抗英前线为国效力。道光皇帝看后，说，这纯属"一片胡言"，"无理可恶"，置之不理。

清政府派琦善为钦差大臣，到广东去和英国谈判。琦善到广东后，一口答应割地赔款。林则徐闻讯后极为愤慨，发动爱国士绅联名请愿，集会声讨，并动员广东巡抚怡良向皇帝揭发琦善的卖国罪行。当英国舰队进攻虎门时，琦善不发援兵，关天培血战捐躯。

林则徐义愤填膺，准备出资自雇壮勇兵士去应敌，并指责琦善"倒行逆施，懈怠军心，颓唐士气，壮大贼胆，蔑视国威"。道光皇帝得知琦善的卖国罪行，决定将他革职，改派奕山为钦差大臣来广东指挥抗战。林则徐毫不气馁，又给奕山提出一份切实可行的广东防御计划。奕山根本不予理睬，结果大败而归。

鸦片战争失败了，林则徐被流放到新疆伊犁。在流放途中，他仍然时刻关心抗英前线战况，写下了许多充满爱国激情的诗歌和书信，"关山万里残宵梦，犹听江东战鼓声。"甚至梦中，他也听到了抗英前线的战鼓声。他不能高枕无忧，也不能一醉方休，他满怀忧愤，急切地盼望有一天能入关，一展爱国宏图。到新疆后，他仍念念不忘"亡羊牢必补"，还在继续写信揭发投降派的罪行。

◆林则徐的一生为了反侵略反投降，英勇无畏，百折不挠，立下了丰功伟绩，他有力地维护了国家的主权和民族的尊严，为历史留下了不可磨灭的光辉的一页。

中华优秀传统价值观故事丛书

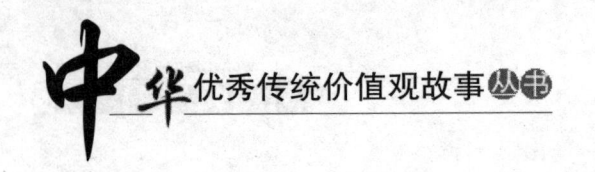

24. 鸦片战争中最早牺牲的爱国将领关天培

关天培,字仲因,号滋圃,江苏山阳(今淮安)人。人尊称他为"关忠节公"。他精通武艺,富有战略眼光,清朝著名的海防高级将领,也是中国历史上一位杰出的爱国者和民族英雄。

关天培家境贫寒,出身行伍。开始任广东水师提督时,广东屡遭英殖民主义者的侵犯,英国的商船与兵舰,经常驶入中国领海,从海上向中国走私鸦片,在军事上对中国有入侵之势。关天培深感形势的危急,他到了广东后,不辞劳苦地认真进行实地勘查,认为要保住广州,首先就要守住虎门。他于是着手建设虎门要塞,在虎门两岸改建并增设了炮台,添置巨炮四十门。他还改造训练水师队伍,规定了专员练专兵，专兵操专炮的制度，让士兵用陈旧的大炮和生锈的炮弹反复练习。一次实弹射击，关天培站在一门大炮旁，命令士兵装足火药点放。一声巨响，炮管破裂，炮手受伤，其他士兵畏惧不前，可是关天培巍然屹立在硝烟之中，一动不动，于是士兵畏惧的情绪立即消失了，继续抖擞精神，重新开始训练。他还详细地研究了攻守谋略，绘制了各炮台的形势位置图与水师的攻守策应图，著成《筹海初集》四卷，让将士学习熟悉。经过关天培的不懈努力，广东水师极富战斗力，特别是虎门要塞已变成非常坚固的防御阵地。外国侵略者望而生畏，数年内，不敢来这里耀武扬威。

林则徐在虎门销烟以后，英军不断制造事端，活动越来越频繁。于是穿鼻洋战役爆发。关天培率战船五只，在穿鼻洋巡逻时，突然遭到英舰的袭击，关天培当即下令还击，他持刀屹立在桅杆前亲自指挥。

战斗开始，他拔出腰刀，与敌人展开了搏斗。一颗敌弹飞来，桅杆擦落一大块木片，木片击伤了关天培的手背。关天培伫立不动，坚持指挥战斗。激战了两小时，英舰帆斜旗落，仓皇逃归。这次海战，关天培得到了中国军民的盛赞，清廷政府也嘉奖关天培"奋勇当前，身先士卒，可嘉之至"。就连外人也称赞他是"穿鼻英雄"。

同年的九龙官涌山之战中，关天培指挥广东水

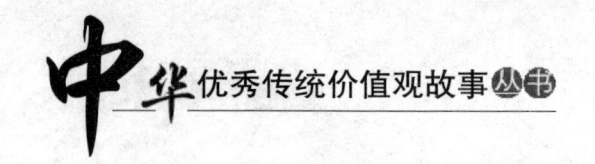

师，凭借坚固的工事，给敌人以迎头痛击，五路大炮齐发，敌舰自撞，灯火全灭，仅剩十余只船，拼命逃跑。前后抗击了英国侵略军的六次进攻，给了入侵者以应有的惩罚，使得他们既不能在澳门陆居，也不能在尖沙咀水处，只得狼狈地退至外洋四处漂泊。

关天培多次亲自指挥广东水师、水勇和渔民，在广州各海澳火攻英国船只，一次就烧毁运烟土及帮助外国人的匪船大小二十多只，篷寮六处，并生擒了十名外国入侵者，同时惩办那些接济英国军舰的汉奸。后来又烧毁大小买办货船十一只，近岸的篷寮九座，俘虏汉奸十一人。在大火之中，这些夷船彼此相撞，叫喊不绝，许多人带伤跳水，烧死溺死以及被烟毒迷死的不计其数。

穿鼻之战、官涌山之战和火攻英船的胜利，有力地打击了英国侵略者的炮舰政策，使得他们不敢轻举妄动，整日东漂西泊。同时也表明了关天培整建广东海防是卓有成效的。关天培善于用兵，英勇抗敌，赢得了人民的钦佩和赞扬，称他是南海"长城"，也有人把他比作明朝的剿倭名将戚继光。

在林则徐和关天培的努力下，广东防务十分坚固。但是由于清政府的钦差大臣两广总督琦善极力推行卖国投降政策，对侵略者卑躬屈膝，一味退让，他到广州后，立即下令裁减水师兵船，遣散从民间招募来的水勇，拆除江底暗桩，使得关天培多年的防御设施遭到严重破坏。关天培愤恨极了，为了抗击英军入侵，他又多次向琦善请求重建海防，增兵虎门，但琦善一概置之不理，甚至要追究他擅行开炮的责任。形势十分危急，关天培再次派人赴广州求援，可卖国贼琦善仍执意投降，不发一兵一卒。他深知自己已处绝境，毅然变卖衣物，将钱发给士兵作安家费，以鼓舞士兵的战斗力。他把自己的几枚坠齿和一绺头发，用旧衣服包好装入木箱，派人送回家乡，以示要与敌血战到底，与亲人诀别。还对家丁说："我对上不能报天恩，对下不能养父母，死有余恨。你回去告诉我妻子，只要能够日后孝顺侍奉我的双亲，我死也瞑目了！"关天培来到靖远炮台，亲自坐镇指挥。英军集中了兵力，向靖远炮台猛攻。关天培人少势单，琦善见死不救，拒不发兵。关天培连续作战，又年事已高，早已非常疲惫。但他仍然坚持战斗，亲自点燃八千斤的巨炮，轰击敌人。敌舰有的被击沉，有的被击伤，登岸的敌人纷纷被砍头，尸体布满了滩头。到下午时，炮台上八门大炮因过热而炸裂，另一些大炮又受雨水的浸透而失效，火力大受影响，英军乘势蜂拥攻上了炮台。关天培率领士卒同侵略军展开了肉搏战，他挥动腰刀，猛砍敌人，他的脚下，躺满了侵略者的尸体。肉搏中，关天培受伤数十处，鲜血和汗水浸透

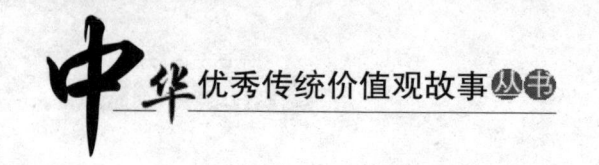

了他的衣服和甲胄。但他仍然镇定自若地指挥战斗，又杀敌数人，终因伤势过重，英勇牺牲在炮台上。他的部下寻到了他的尸体，看到他全身已被炮火烧焦，重创多处，殷红的鲜血染红了地面。就这样，这位六十二岁的老将，壮烈地为国家和民族殉难了。

  关天培殉国后，广东人民万分悲痛。人们在他牺牲的地方，修建祠堂，以表达对这位英勇不屈的爱国将领的深切怀念。林则徐知道后，哀友悲国，愤然提笔写道："六载固金汤，问何人忽坏长城，孤注空教躬尽瘁；欢忠同坎壈，闻异类亦钦伟节，归魂相送面如生。"歌颂了关天培等人的英勇、忠贞，也无情地鞭挞了琦善之流的卖国、无耻。生前，林则徐曾为关天培题诗一首，盛赞了关天培的高尚品格，将负责南海防御的关天培，比作镇守南疆的坚固长城，歌颂了英雄的业绩。诗中写道："一品斑衣捧寿卮，九旬老母六旬儿，功高靖海长城倚，心切循陔志圃知。浥露英含堂北树，傲霜花艳岭南枝，起居八座君恩问，旌节江东指日移。"

  ◆关天培是鸦片战争中最早牺牲的爱国英雄，他反抗侵略英勇献身的爱国主义精神，永远激励着中国人民。

25. 抗英名将陈化成

陈化成，字业章，号蓬峰，福建同安县人。出身于行伍世家，清朝著名将领。他爱兵如子，人称"陈佛"；他作战勇猛，敌人称他"陈老虎"。是鸦片战争时期，守卫吴淞，英勇抗英的著名将领。

陈化成号莲峰，他生长在海滨，从小练就一身好水性，驾驭风涛，如履平地，且自幼端重，智勇过人，尚节重义，气宇轩昂。多年战斗中英勇果敢，被浙江水师提督李长庚称为"将才"。逐步由普通兵升任外委前营把总、千总、游击、守备、总兵、福建水师提督，直至江南水师提督。

1840年，鸦片战争爆发，陈化成被调任江南提督，负责江浙一带防务。

当时，陈化成已年过六十，他经长途奔波来到任上，又不顾旅途疲劳迅速赶到吴淞口（吴淞口是扼江

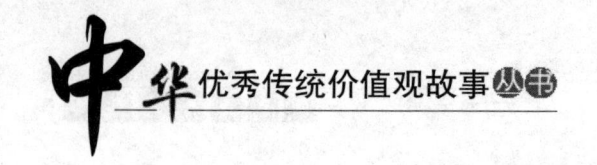

海汇合处），安营扎寨，投入了紧张的备战之中。他亲自查看地形，指挥部下修整炮台，建成沿海二十六堡。改制了一种"明轮船"，时速三点五海里，这比当时清朝的一艘水师船要快得多。还派人到湖北采购精铁，铸造大炮，加强防御力量。又时常驾着小舟，往来于风波之间，仔细巡察。

陈化成治军素以爱兵如子、身先士卒著称。有一天大雪压帐，他整夜未眠，清早即到将士驻处巡视，嘘寒问暖，发棉衣给衣衫单薄破烂的士兵御寒。因此将士们都很敬重他，称他为"陈佛"。

他本人身先士卒，以身作则，与战士同吃同住同操练。战士有病时，他亲自前去探望。因此他的部队战斗力极强。英国侵略军得知陈化成负责守卫吴淞口时，说："不畏江南百万兵，只怕吴淞陈化成。"

清政府一些官僚腐败无能，畏敌如虎，一味主张妥协求和，竟然下令撤去江浙海防。陈化成十分气愤，他坚定地说："虎豹豺狼是不讲信义的；别人的兵可以走，我的队伍不能撤。"他继续督促部下加强防备。

1841年10月，英军攻破定海，葛云飞等三位总兵浴血奋战，壮烈殉国。消息传来，陈化成无比悲痛，老泪纵横。他对部下说："为了国家，战死疆场，死也值得，大家努力呵！"

1842年5月,乍浦又被攻陷,陈化成集队誓师。他慷慨激昂地说:"化成经历海洋凡五十年,身在炮火中出生入死,难以数计。人莫不有一死,为国而死,而又何妨。我不畏死,则贼无不灭!"誓言一字一板、铿锵有力,激动着人们的心。

当时,吴淞附近有东西两个炮台,互相援助。陈化成精心布置,明确任务,亲自防守西炮台,吴淞口海防可谓十分严密。

1842年6月9日,三艘英国军舰开到吴淞口外,打探虚实,陈化成沉着冷静,未予理睬。13日,敌人增援部队赶到,兵力超过了陈化成守军,这可吓坏了贪生怕死的两江总督牛鉴,他急急忙忙来到军营,无耻地提出犒劳敌军,以免战祸。陈化成气愤极了,坚决地回答:"本人奉命剿贼,有进无退!"他命令部下随时准备迎战。当天晚上,陈化成感慨地对自己的部下说:"我们的福分不小啊!"有人问:"何以见得?"他回答:"战斗打响后,如果获胜,就为国家立下功劳;如果兵败战死,为国捐躯,也就不朽。难道不是有福吗?"听了这番话,有的人脸色突然变了,而陈化成誓死保卫祖国的决心早已下定。

6月16日,英国侵略军的七艘战船、六艘汽船、数十只运输小船驶近吴淞口,向陈化成据守的西炮台发动了猛烈攻击。霎时间,战鼓齐鸣,炮声震天,浓

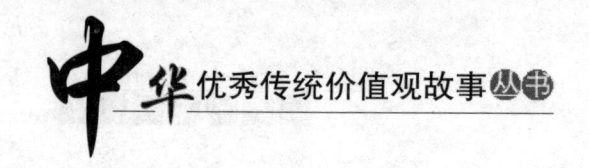

烟滚滚，英军企图依仗洋枪洋炮的优势，一举摧垮守军。陈化成挺立高处，手执红旗，指挥发炮反击，弹片横飞，他全然不顾。经过激烈的炮战，击沉击伤敌船舰八艘，毙敌甚众。躲在后方的两江总督听说获胜，带着仪仗队前来观战，被敌军用望远镜看到，一阵炮击，牛鉴顿时惊恐万状，弃冠丢靴，拼命奔逃，一气过了嘉定，到了南京。这时又有部将受伤，于是全线震动，军心瓦解。不少将士纷纷弃阵狂逃。这时敌军援兵从小沙背登陆，包围了陈化成。陈化成目睹牛鉴等人临阵脱逃的可耻行径，怒火中烧，呐喊苦战。由于长时间轰击，大炮炮身烧得发红，灼热烫手，陈化成全然不觉，亲自装药点炮。清朝政府所制大炮，质量低劣，射程短，没有威力。英军乘机猛烈攻击。部下周世荣劝陈化成下令撤退，陈化成拔出利剑，痛加训斥，坚定地说："我要以死报效国家！"周世荣贪生怕死逃走了。陈化成转身操炮发射，炮身震动得手裂出血，他也不知疼痛。突然一颗炮弹在陈化成身旁爆炸，陈化成遍体鳞伤，血染战袍，扑倒在地。敌兵蜂拥而至，陈化成身边卫兵挥刀迎敌，都中弹阵亡。老将军怒吼一声，奋力跃起，挺剑向前，又一颗子弹飞来，穿透胸口，他口吐鲜血，倒在血泊中。

当陈化成遗体入殓时，吴淞和上海各界人士上万人都来悼念这位爱国老英雄，其中有达官士绅，平民百姓，妇幼儿童，担夫商贩。人们拦道痛哭，泣不成声。

当地人民在城隍庙里立起陈化成塑像，罢市公祭，悼念这位英勇不屈的抗英名将。清朝政府赞誉他"立功报国"。

后来有诗称颂他道："嘐嗒宿将陈提军，杀贼胆大能包身，手燃一炮击夷艇，高桅纷碎同漂梗。夷人衂挫仍进兵，樯竿运炮风霆声，下窥我军发洞中，土牛塌倒土堡平。部下将士吞声泣，提军屹然海塘立，我炮不猝身当糜，官兵鸟散贼大集。贼锋猖獗不可当，斩关直入吴淞江。……"

◆头发斑白、六十六岁的老将陈化成，为捍卫祖国的神圣领土流尽了最后一滴血，用自己的满腔热血谱写了一曲爱国主义壮歌。

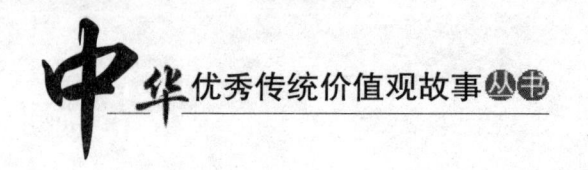

26. 太平天国领袖洪秀全

洪秀全，原名洪仁坤，广东花县（今花都区）人，太平天国农民运动领袖。创立拜上帝会组织，发动金田起义，建立太平天国，自称天王。1853年，颁布《天朝田亩制度》，制定了人口平分土地的办法。力图实现"无处不均匀，无人不饱暖"的理想。1864年6月1日，洪秀全病逝南京。

洪秀全，原名仁坤，出生于广东花县一个贫苦农民家庭里。那时，鸦片战争结束不久，清王朝日益腐败，亿万人民饥寒交迫，朝不保夕，祖国处于风雨飘摇之中。洪秀全毅然奋起，发动和领导了震撼世界的太平天国革命运动，成为叱咤风云、名满天下的伟大爱国英雄。

在青少年时代，洪秀全苦读经书，多次参加科举考试，但屡试不中。在去广州应试的路上，他看到田园荒芜一片，村落极其荒凉，听到百姓怨声载道，这极大地激发了他的反抗情绪，挥笔写下了一首气壮山河的诗篇："龙潜海角恐惊天，暂且偷闲跃在渊。等待风云齐聚会，飞腾六合定乾坤。"洪秀全怀着忧国忧民、愤懑忧郁之情，回到家乡。由于积愤成疾，他大病不起，病中还不停地高声呼喊："斩妖，斩妖！"他请人铸了一把剑，称为"斩妖剑"，时刻佩在身上。又写下了一首《剑》诗，表达了"手握乾坤杀伐权，斩邪留正解民悬"的远大志向。

　　从此，洪秀全放弃了求取功名，继续在乡下教书。一天，他偶然翻阅了一本基督教布道小册子《劝世良言》，从中受到基督教"平等"观念的启示，根据其中所讲上帝之子耶稣降生救世的故事，创作了一个受命的神话：说自己是上帝的次子，耶稣的弟弟，二十五岁那年被上帝迎上高天，接受诏命，下凡杀妖救世。他以宗教为掩护，利用上帝的权威来反对世上的封建权威，并同冯云山等人创立了"拜上帝会"。此后，洪秀全带领会员到广东、广西一带传教布道，宣传、动员和组织广大贫苦农民入会，去完成"斩妖"的天命。他一面发动群众，一面专心进行理论探索。在两年多时间里，洪秀全倾注全部心血，先后写出《原道救世歌》《原道醒世训》《原道觉世训》等著作，指出世间男女都是"上帝"的儿女，"普天之下

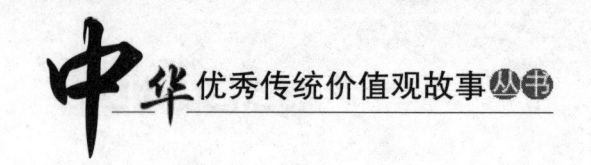

皆兄弟"。他对前途充满信心，告诉亿万人民黑暗即将过去，旭日就要东升，号召百姓起来同"阎罗妖"——地主、官僚作斗争，建立"天下一家，共享太平"的大同世界。

拜上帝会成立后，洪秀全和他的战友们积极进行革命准备工作，聚集革命力量，在两广地区发展了大批会员，只两年工夫，会员就达一万多人。同时抓紧训练队伍和铸造武器。起义的条件逐渐成熟，1850年7月，洪秀全下总动员令，各地会员陆续赶到桂平县金田村"团营"会合。洪秀全按军事编制把会员严密地组织起来。

1851年1月11日，洪秀全在金田村庄严誓师，宣布起义，建号太平天国，起义军称太平军。洪秀全被推为太平天王，他亲自竖起了杏黄色的太平天国大旗。震惊世界的太平天国农民革命开始了。百姓欢呼雀跃，喜上眉梢，他们唱着这样的歌谣："天国起义在金田，穷人个个乐连连。带领穷人除清妖，从此穷人见青天。"热情地讴歌了洪秀全等人领导金田起义的壮举。

太平天国起义吓慌了清朝政府，急忙从各地调兵遣将，妄图扑灭农民起义之火。太平军面临强敌。洪秀全与将士们同甘共苦，穿着短衣草鞋，徒步行军，而且亲自指挥作战。全军将士斗志昂扬，奋不顾身，英勇作战。不久就攻克了永安城（今广西蒙山县），队伍很快发展到五十多万人。之后，又突破清军包围，以摧枯拉朽之势，北征湖南、湖北，攻克武汉三镇。然后又水陆齐发，沿江东下，攻占了南京。1853年3月29日，洪秀全进入南京城，将清朝两江总督衙门改为天王府，改南京为天京，正式建都，建立了与清王朝对峙的农民革命政权。

革命政权一建立，洪秀全首先坚持反对外国侵略，反对清朝投降卖国的正义立场，不承认清朝与列强签订的不平等条约，禁止外国人贩卖鸦片。这年冬天，洪秀全颁布了农民革命的伟大纲领——《天朝田亩制度》，希望实现"有田同耕，有饭同食，有衣同穿，有钱同使，无处不均匀，无人不饱暖"的理想社会，从根本上否定了地主阶级土地所有制，反映了农民摆脱剥削、摆脱贫困的要求，鼓舞了千百万农民的反封建斗争。

洪秀全为抗击清军的围攻，推翻清王朝的统治，开始了太平天国历史上著名的北伐战争。北伐军转战六省数千里，给清政府以沉重的打击。但因北伐军孤军深入，天寒地冻，粮草缺乏，坚持了两年，终于失败了。同时，洪秀全又派出西征军横扫大江南北。西征军以迅雷不及掩耳之势，向长江中游广大地区进击，在湖南大败了清政府曾国藩统率的湘军，在九江取得了歼灭湘军主力的重大胜利。

在胜利的形势下，太平天国内部的一部分将领有的发动了叛乱，有的互相残杀，一度出现了国中无人，朝中无将的危机局面，使浴血奋战夺来的许多军事重镇先后落到清军手中，太平天国革命事业处于危急之中。就在这极端困难的形势下，洪秀全力挽狂澜，果断地选拔了一批青年将领，组成了新的领导核心。青年将帅陈玉成和洪仁玕都是这时提拔的。在太平天国处于危难时刻，洪秀全与陈玉成等将领，又一次粉碎了清军对太平军的围剿。在上海，洪秀全又把资本主义强盗的"洋枪队"打得溃不成军。

太平天国的后期，局势发生了逆转。太平军遭到了敌军的围攻，天京（南京）对外通道全部被清军切断，城内无粮，洪秀全带头吃草根，号称甜露。在严重的困难关头，他毫不气馁，坚持和清军进行殊死战斗。由于过度劳累和忧愤，洪秀全患了重病，因医治无效而病逝。洪秀全去世后，他的将士仍顽强不屈，继续浴血奋战，宁死也不投降，太平军的将士们为革命流尽了最后一滴血。

◆洪秀全领导的太平天国革命虽然失败了，但是，他率领的太平天国大军，以磅礴的革命气势，纵横十八省，持续十四年，沉重地打击了国内外反动派。洪秀全的一生为了寻求中国的解放道路，经历了艰苦卓绝的斗争，为中国农民革命做出了卓越的贡献。

27. 太平天国名将陈玉成

陈玉成，广西藤县人，是太平天国后期重要将领，骁勇善战，被封英王。原名陈丕成，洪秀全赐名玉成。

陈玉成，广西藤县人。在轰轰烈烈的太平天国农民革命运动中，他英姿飒爽，浑身是胆，骁勇善战，指挥千军万马奋勇杀敌，立下赫赫战功，是一位杰出的青年名将。

陈玉成出身贫农家庭，自幼父母双亡，随叔父陈承镕生活。叔父家境也很贫寒，他不得不给地主当长工，经常挨打受骂。艰苦生活的磨炼，使他具有倔强、刚毅、勇敢的性格。

早在金田起义前，陈玉成就参加了洪秀全组织的拜上帝会。金田起义爆发后，十四岁的陈玉成胸怀杀尽豺狼、为穷人打天下的大志，随叔父一起参加了起

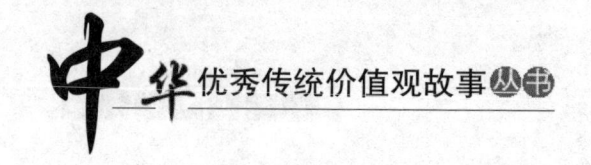

义军，成为太平军童子军中的一员。

十七岁那年，他随韦俊西征，到达武昌。当时太平天国攻打武昌已数月之久。他自告奋勇，带着十几名骑兵，冒着枪林弹雨，到武昌城下敌人防御前沿侦察，了解到城内敌军粮草已断，士气低落，据此情况他建议以奇袭制胜，主将同意了他的作战方案。当晚陈玉成挑选五百精兵，绕道来到武昌城东面。布置三百名战士从正面摆开攻城的阵势，吸引守城清军注意，自己却率领其余二百名战士埋伏在僻静处。当敌人的注意力被吸引到正面后，陈玉成等突然用绳索套住城垛，缘绳而上，登上墙头。这二百名勇士如飞将军从天而降，守城几千名清军慌了手脚，顿时乱作一团，仓皇夺门而逃。武昌城被一举攻下。捷报传到天京，陈玉成受到天王的嘉奖。

攻克武昌后，陈玉成继续转战于湖北、湖南、江西、安徽等上游地区。"三十检点回马枪"闻名全军，陈玉成成了太平军第一流的英雄。

1856年秋天，敌人疯狂反扑，夺回武昌、九江等军事要地。天京下游屏障——镇江被清军围困，内外隔绝，水陆不通。这时陈玉成已升任为冬官正丞相，他主动请求承担打通镇江的任务。挑选了几名机智勇敢的士兵，驾驶着一叶轻舟，冒着枪林弹雨飞快地向镇江冲去。清军炮船发现后，从四面八方包围过来，子弹横飞，处境危机。陈玉成毫无惧色，沉着果敢地指挥着小船，左拐右绕，冲破敌船的重重围攻和密集火网，进入镇江城内，与守将吴如孝部取得联系，秦日钢由外线猛攻，陈玉成等从城中杀出，大破清军，镇江之围遂被解除。

在太平天国不断取得胜利的大好形势下，太平天国领导集团内部却矛盾重重，发生了令人痛心的互相残杀。清军乘机大肆反扑，重新建立起江南和江北两个大营，严重威胁着天京，在这危难之机，年仅二十岁的陈玉成被封为前军主将，与李秀成一起主持军务，他决心竭尽全力，力挽狂澜。

1858年8月，陈玉成和李秀成等在安阳东边的枞阳召开军事会议，决定首先打破清军江北大营，恢复天京同江北的交通。陈玉成挥师东进与李秀成率领的太平军在乌衣会师。清军见太平军长驱直入，大为惊慌，除出动江北大营大部清军外，还调来了异常骄横的蒙古都统胜保的马步兵，一起大举向乌衣进犯。陈玉成早有防备，他预先布置了一支专破骑兵的刀牌手埋伏在路旁。胜保的骑兵一到，刀牌兵一跃而起，冲入敌阵，专砍敌骑马腿。敌骑纷纷落马，前后互相践踏，乱成一团。这时太平军乘势合拢夹击，杀得敌人人仰马翻，尸横遍野。这一仗共歼敌三四千人，胜保的骑兵全军覆没，胜保单骑

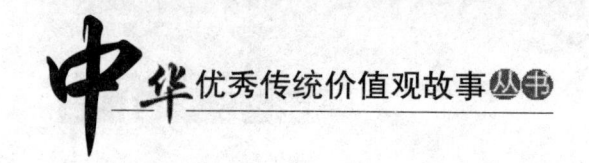

逃脱。太平军乘胜进击，直捣江甫，歼灭江南大营派来的援军五千人。太平军势如破竹，取得节节胜利，军威大振。

正当陈玉成等在天京外围殊死战斗的时候，曾国藩调动湘军乘上游空虚，大举进犯安徽，在攻陷太湖、桐城、舒城等地之后，又进逼三河镇。三河镇是太平军的重要据点，战略地位十分重要。湘军将它团团围住，三河镇危在旦夕。守将吴定规一天之内五次向陈玉成求援。陈玉成冷静地分析形势，认为敌人来势凶猛，但其孤军深入，兵力分散，决定集中优势兵力，采取迂回包围战术，速战速决，歼灭敌人，于是陈玉成率军日夜兼程，包抄湘军后路，又命吴如孝等人率军南下，切断湘军与舒城清军的联系。11月15日黎明，大雾迷漫，对面不见人。陈玉成决定诱敌深入，埋下伏兵突然袭击，使敌人措手不及。开战不久，太平军主动后撤，清军紧追不舍，陈玉成指挥一支马队乘着大雾，突然从左边冲杀出来，霎时杀声震天，湘军只听见声音，看不清底细，顿时一片混乱，陈玉成一马当先，率军直冲敌阵，奋勇杀敌。这时李秀成援军赶到，三河守军也出城助战，三路会合，打得敌人溃不成军。敌军头目李续宾不甘失败，慌忙收拾残部，负隅顽抗。陈玉成乘势将敌人团团围住，经过三天激战，湘军全军覆没，曾国藩的弟弟曾国华被击毙，李续宾被迫投水自杀，所部六千余人全部被歼，太平军大获全胜。三河一战对湘军打击沉重。湘军头目曾国藩不得不承认："三河败后，元气大伤。"另一头目也惊叹："全军皆寒，不可复战。"

三河战后，陈玉成乘胜收复舒城、桐城，安徽局势转危为安。1859年3月，陈玉成被封为英王。转年，又与李秀成会师，一举歼灭包围天京达八年之久的江南大营的清军，使天京再次解围。这时，陈玉成"威名震天地"，被誉为"天朝第一个好角色"。

太平军的重大胜利，使曾国藩坐卧不安，他立即调集湘军主力八万人，一分四路围攻安庆。太平天国首领决定采取"围魏救赵"的办法，攻打武汉，从而使湘军为救武汉而撤安庆之围。战略方针确定后，陈玉成自桐城出发，沿长江北岸火速西进，十二天内连续攻克安徽霍山、英山，挺进湖北，攻占离武汉仅八十公里的黄州。太平军突然西进，使得敌人十分恐慌，不知所措。远在安徽的清军头目胡林翼心急如焚，口吐鲜血，大骂自己"笨人下棋，死不顾家"。武昌城内的清军更是乱成一团，束手待毙。正在这时，英国侵略者居然进行野蛮干涉，迫使陈玉成停止进攻。武昌敌军绝路逢生。

"围魏救赵"计划没能成功，安庆局势更加危急。陈玉成回师救援安庆，与洪仁玕率领的援军在桐城会合。但几经苦战，仍未能突破清军防线。安庆长期被困，弹尽粮绝，终于失守，守城官兵全部壮烈牺牲。

安庆陷落，洪秀全不顾客观因素，把责任全加在陈玉成身上，下令革去了他的爵位。他心情十分沉重，但仍能识大体，顾大局，退守庐州后，准备坐镇庐州，一面"进兵取粮"，支援天京，一面广招兵马，收复安庆。但是狡猾的敌人不给陈玉成以重整旗鼓的机会，不久又两路夹击，围攻庐州。陈玉成指挥庐州太平军顽强抵抗三个多月，终因寡不敌众，又无援兵接济，不得不放弃庐州，路过寿州时，被反复无常的土豪苗沛霖所骗，被逮捕送进清军胜保大营。

在戒备森严的敌营里，陈玉成大义凛然，宁死不屈。清军头目胜保先是威胁恐吓，让他跪下，陈玉成昂首挺立，并义正词严地说："我是堂堂天国英王，你不过是我手下的一员败将，我怎能给你下跪！"胜保狞笑道："那么，现在你怎么会落到我的手里了呢？"陈玉成一阵冷笑，说："我只不过是遭奸人暗算，自投罗网，哪里是你有什么本事。你可记得，当年乌衣一战，你的骑兵有一个生还的吗？"胜保见硬的不行，就用软的一手，以酒食相待，用高官厚禄诱降。陈玉成严厉呵斥说："大丈夫要杀就杀，何必啰唆！"至死威武不屈，富贵不淫，一身浩然正气。1862年6月4日，中华民族的优秀儿女，太平军杰出的青年将领英王陈玉成在河南延津慷慨就义，年仅二十五岁。

◆青年英雄陈玉成的一生是短暂的，但他为太平天国立下的功勋是卓越的、不朽的，他赢得了人民群众无比的尊敬和爱戴。

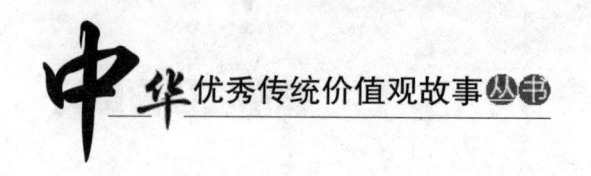

28. 太平军骁勇女将洪宣娇

洪宣娇,广东花县(今花都区)福源水村人。洪秀全之妹,萧朝贵之妻,生卒年不详。在太平天国的创建及成长过程中起了非常重要的作用,她是洪秀全和萧朝贵的得力助手。她是中国历史上众多充满传奇色彩的女性之一。

洪宣娇是太平天国革命领袖洪秀全的妹妹,也是一位骁勇善战、叱咤风云的太平天国时期的女英雄。

洪宣娇是广东花县人。参加起义前,她是一位农村少女,勤劳质朴,性格活泼开朗,"豪爽过男儿",体格健壮,喜爱武艺,劳动之余经常使棍弄棒,渐渐练就了一身好武功。

在兄妹当中,洪宣娇与三哥洪秀全感情最深。每当富豪子弟欺负她时,三哥总要为她出气。宣娇也十分同情三哥洪秀全在科举考试道路上遇到的种种不幸。当洪秀全落榜归家大病不起、生命垂危之际，小妹洪宣娇精心护理，常常背着兄嫂，给洪秀全喂药送饭，给以温暖和安慰，使洪秀全病情逐渐好转，精神终于恢复正常。

洪宣娇对三哥洪秀全感情深厚，了解深刻，当洪秀全决意抛弃求取功名走上革命道路的时候，洪宣娇竭尽全力支持，并且决心跟随三哥洪秀全投入反清斗争。金田起义前夕，洪秀全派人到家乡接家人同赴广西参加起义，洪宣娇欣喜若狂，立即整束行装，毅然踏上革命征途，经过长途跋涉，来到革命圣地紫荆山，与洪秀全重逢。

洪宣娇到达革命根据地后，就积极投入斗争之中，参加重大决策的研究，有时也被派去深入敌营或官府"侦察官吏"，搜集情报。她还经常不辞辛苦地在农民群众中做宣传鼓动工作。并常以行医作掩护，一面进行革命工作，一面为群众解除病痛，她刻苦学习，医道很高，即使是重危病人也能很快治好。当时群众生活极其贫困，筹集起义所需经费十分困难，洪宣娇却能在群众中有效地开展"劝募资财"工作。她对革命无限赤诚，工作卓有成效，深得群众信任和爱戴，她所到之处，"人多乐从"。当时流行的一首歌谣说："桃树开花花结桃，人人爱跟洪宣娇，一年三百六十日，歌声不断乐陶陶。"这

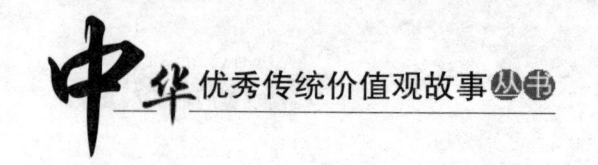

歌谣展现出一幅农民群众欢歌笑语跟随洪宣娇革命的动人情景。

1848年，洪秀全确定杨秀清、萧朝贵为起义首领，并把小妹洪宣娇许配给萧朝贵为妻。从此，这两位志同道合的伴侣，便肩并肩投身到了火热的反封建斗争中。

不久，太平天国起义在广西桂平县金田村爆发了，为了更好地宣传组织群众，在起义队伍中开始组织女军，一开始洪宣娇就成为女军的统帅之一。女兵同男兵一样英武，个个手持长刀，脚穿草鞋，身穿五彩衣，英姿飒爽，勇敢善战。在与清军作战时，洪宣娇总是身着戎装，骑着枣红马，手执双刀，冲锋在前。

洪宣娇不仅身先士卒，英勇无比，而且具有卓越的军事指挥才能。太平军誓师起义后的第三天，洪秀全率师一举攻占浔江北岸的大湟江。江口圩地理位置极其重要。太平军进军江口的胜利，震动了清王朝，广西提督向荣率领上万清军分两路向江口疯狂反扑，妄图把太平军扼杀在摇篮之中。太平军在洪秀全指挥下，早已做好了战斗准备，在石头脚、牛排岭外围，所有村落松林，到处安装伏炮，分别由男军、女军把守。向荣率军从三面朝牛排岭方向扑来，霎时，伏炮齐发，硝烟弥漫，杀声震天，女军在洪宣娇率领下，配合男军一起出动，杀得清军丢盔弃甲，叫爹喊娘，狼狈逃窜。清廷文献也不得不承认"我师败退……贼益骄横"。太平军在牛排岭战斗中获得全胜，女军也立下了汗马功劳。当时人们用歌谣颂扬她们的赫赫战功："天字旗号当空飘，天国出了女英豪，你要问她名和字，天王妹妹洪宣娇。妇女去跟洪宣娇，会打火枪会耍刀，牛排岭前摆大阵，杀得清军跑断腰。"

当太平军攻下湖南郴州时，据侦察得知长江敌人无所戒备。西王萧朝贵，主动请求独自率军奔袭长沙。太平军攻到长沙城下，萧朝贵奋勇当先，猛攻城南门，不料敌人居高临下向太平军轰击，萧朝贵不幸中炮身亡。洪宣娇强忍悲痛，告谕士卒，代替丈夫承担指挥重任，她手执双刀，带领士卒勇猛冲杀，使攻打长沙一仗获胜。

洪宣娇纯真无私，待女军兵将亲如姊妹，情同手足。女军兵将都非常敬重和拥戴她，和她心贴心。当时女军中流传这样一首歌谣："天国女将洪宣娇，她待女兵胜结交，姐妹有病她喂药，辫绳掉了她帮绚。"正是在洪宣娇的关怀和带动下，女兵无论冲锋打援，还是担米侦探，坚守城池，都能出色地完成任务。就连敌人也不得不承认女军尤矫健、善战，并把女军视为劲敌。

1852年3月19日，太平军攻克金陵，遂定都金

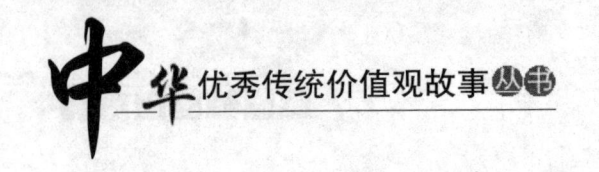

陵，并把金陵改称天京，正式建立起农民革命政权。定都天京后，身为"天妹""王娘"，功勋卓著的女军统帅洪宣娇，并未居功自傲，她继续勇挑重担，坚韧不拔地努力工作。热情协助东王杨秀清具体组织和领导天京的女馆。太平天国定都后，就将天京城市的妇女无论老少全都纳入女馆，又将有战斗力的编制成军旅，约有十四万人之多。洪宣娇组织女馆的姐妹们参加日常的劳动，和她们一起背米、舂稻、伐竹、掘壕、挑砖、割麦、获稻、负盐、担水和织染等。还指挥妇女参加战斗、防守城市。而且还利用闲暇时间积极开展军事训练和文化教育工作。

不久，太平军北伐，清军乘虚发兵来犯。洪秀全得知消息后，立即命令洪宣娇出兵解围。洪宣娇得令，率女营战士昼夜急行军，迅速赶到扬州，与城内太平军配合，敌人还睡在梦乡，洪宣娇率女军出其不意突然发起猛攻，打得清军晕头转向，丢戈弃甲，四散逃窜，取得了扬州保卫战的重大胜利。

清军失败后，重整队伍，再次向太平军发起进攻，朝廷派重兵围困镇江。当时镇江主要由女军把守，面对凶恶的敌人，太平军女军统帅洪宣娇毫不畏惧，和女军战士一起扮作牌刀手，杀出城外，再一次给清军以致命打击，清兵尸横遍野，血流成河。

太平军在军事上获得节节胜利，但是领导集团内部矛盾日益尖锐，领袖之间为了争做皇帝互相残杀，洪宣娇忧心忡忡，她深为太平天国的前途担忧，在诸王中她试图做些调解工作，尽了很大努力，但不见成效。太平天国最终失败了，洪宣娇下落不明。

◆洪宣娇为太平天国革命立下赫赫战功，受到当时群众深深地爱戴，也为后人所敬仰和怀念，人们写下了许多诗篇和歌谣，赞颂这位骁勇善战的女英雄。

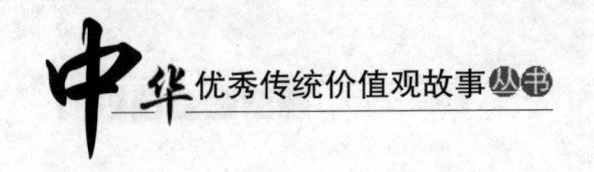

29. 彝族农民起义领袖李文学

李文学,又名李正学,彝族,弥渡县瓦卢村人,清末云南哀牢山彝族农民起义军首领。

李文学,清末出生在云南赵州(今弥渡县)一个彝族佃农家庭。从小家里十分贫困,租种"庄主"(地主)几亩薄田,难以糊口,父亲不得不常年进山打猎,靠打点野兽,卖点兽肉和兽皮来维持一家人的生活。李文学长到十一二岁时,因欠庄主租谷,被迫卖身为奴,他每天要替庄主挑水、砍柴、放牛、割草、洗衣,披星戴月,辛苦劳作,经常挨打受骂,过着牛马不如的生活。

清咸丰五年(1855年)是个大旱之年,农民多吃草根树皮,狠心凶恶的庄主和官吏却乘机敲诈勒索,加紧催租逼债。李文学的父亲上山打猎,不幸被猛兽咬伤而死;他的母亲因地主逼粮而服毒自杀,未遂。

残酷的阶级压迫和剥削，给李文学带来了无穷的灾难，逼得他豁出性命，与乡亲们一起点燃了反抗地主、贪官的斗争烈火。

1856年5月，李文学组织、发动彝汉等族五千群众，聚集在天生营（今弥渡县瓦卢村后山），誓师起义。他慷慨激昂地对穷苦弟兄们说："我哀牢山（云南南部）彝民，住在这荒山野岭，历代受汉庄主的欺凌，饱经苦难。官府与汉家庄主狼狈为奸，苛虐我们彝汉百姓，害得我们终年辛苦劳作，食不能糊口，衣不能遮体，老少悲啼。现在，我们唯一的生路就是高举义旗，铲除清朝赃官，杀绝汉家庄主！"他的号召得到了百姓的热烈拥护和响应。因为李文学斗争坚决，有智谋，威望高，所以起义群众推举他为起义军首领，号称"彝家兵马大元帅"。

起义军的大旗高高地飘扬在哀牢山上。李文学带领大家同封建地主阶级展开了猛烈的斗争，惩办了一些罪大恶极的庄主，没收了他们的粮食和金银财宝。不久，四面八方的彝、汉、哈尼、白、傣、苗、回、傈僳等族贫苦农民纷纷起兵响应，前来投奔起义军，声势日益壮大，不到十天，起义队伍超过万人。

1856年10月，杜文秀的回民起义军占领了哀牢山北部的名城大理，然而清军迅速派兵包围了大理，准备残酷镇压这支队伍。为了挽救回族兄弟，李文学率

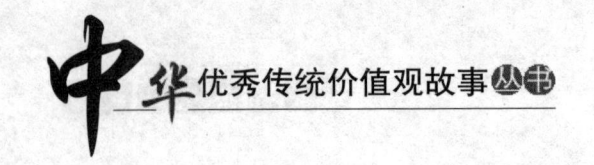

领哀牢山彝族起义军北上，日夜兼程赶到了大理附近。李文学指挥起义军向清军发起了突然袭击，清军措手不及，被打得落花流水，死伤五千余人，清军指挥官也被当场击毙。清军在败退途中，又遭到起义军的伏击，损失了七千多人。回民起义军因而得到解围。李文学旗开得胜，以少胜多，威震云南。李文学率军向南发展，扩大根据地，又联合了傣族起义队伍，起义的力量更加壮大了。

李文学领导的起义军不仅作战勇猛，而且还善于运用先进的武器克敌制胜。当时，起义军战士们腰上系着葫芦，清军以为其中装的是酒，便嘲笑他们说："个个都是酒鬼，还能作战打仗？"他们哪里知道，起义军腰间挂的不是什么酒葫芦，而是彝族有名的火器——"葫芦飞雷"。

一天黎明，随着震天动地的呐喊声，起义军奋臂扔出了葫芦，顿时敌军城头上发生了震耳欲聋的爆炸声，铁渣、铁片、铅弹四散飞溅。敌军的碉堡土崩瓦解，守城的清军被炸得鬼哭狼嚎，纷纷倒下。城内的敌军惊恐万状，也慌忙四散逃跑。起义军于是控制了敌人的城池。

不久，起义军在李文学的率领下，又攻占了一个重要关口通关哨。这时的起义军发展到了全盘时期，在近三万平方公里的土地上，约五十多万人口的地区，建立了农民革命政权。并在弥渡县蜜滴村建立农民政权的最高领导机关——"彝家兵马大元帅府"。帅府规定了"吏有扰民者斩"的严格纪律，还规定"土地归庶民所有，免租减赋"等制度。广大农民无不拍手称快，喜形于色，奔走相告说："没想到今天我们又能重见天日，德勒米（彝语：大元帅，指李文学）可以做王呵。"

就在李文学建立起农民政权之时，清军正疯狂地进攻回民起义军。李文学为了维护彝、回起义军的团结和巩固哀牢山的北部防线，率领战士三千人，前去增援。结果起义军与清军作战失利，起义军只得退回哀牢山区。

清军到处缉拿李文学，李文学由于叛徒出卖而被捕。敌人千方百计地诱骗李文学投降，都被他严词拒绝了。敌人使用各种酷刑来折磨他，他也始终没有屈服。敌人软硬兼施都不管用，最后残暴地杀害了这位英雄，李文学英勇就义时年仅四十八岁。李文学牺牲后，他的部将李学东率领起义军余部继续坚持战斗在哀牢山区，持续了二十年，打击了清政府的反动统治。

◆人民对李文学大元帅表示深切的怀念和景仰之情。他永远活在人民心中。

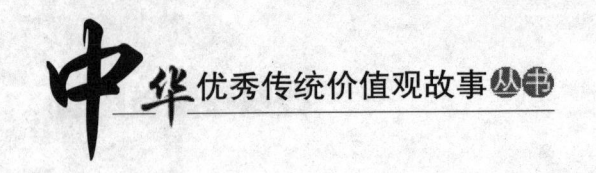

30. 农民起义领袖宋景诗

宋景诗，山东堂邑（今聊城西）人。

❦

宋景诗，出生在山东省堂邑县小刘贯庄一个贫苦农民的家里。他七八岁时入私塾，学习勤奋，敢想敢做，胸有大志。在和同学们一起玩耍的时候，常说："咱们造反吧，我当头儿。"由于家境贫寒，他不得不中途停学，幼小的年龄便去为地主扛小活、打短工、做长工，经常挨打受骂，年年缺吃少穿。青年时代的宋景诗仍饱尝辛酸和苦难，他耕过田，做过雇工，当过兵，还干过打铁、烧窑等活计，每天披星戴月，辛苦劳作，可一家人仍不得温饱。

他的家乡，地处梁山泊附近。自古流传的梁山好汉力战群雄，劫富济贫的英雄事迹，激励着那里的人民。宋景诗从小立志为穷人谋取活路，酷爱武艺，经常打拳弄棒，使枪耍刀。在给财主家扛活时，他常常偷偷地观看人家在练武场里练功，回来后就独自进行操练。他一生拜过许多师父，学习武功。其中与他关系最密切、影响最大的是西汪村的孙汝敬。宋景诗质朴能干，真心实意地跟孙汝敬师傅学习，学到了高超的武艺，打起拳脚来，一二十人也休想靠到他身边。他既能使刀，又会用枪，在马上耍大刀，扔出大刀，马向前一窜，接了刀又耍起来；他的枪法百发百中，使起左把枪来，"万将难敌"。孙汝敬还经常给宋景诗讲官府、地主如何压迫农民和农民怎样反抗的故事，从此他更加仇恨地主和官府。1854年春天，太平天国北伐军打到山东临清，孙汝敬率众投奔了太平军。这对宋景诗产生了极大的影响。那时，山东自然灾害严重，官吏经常下乡催粮，任意拘捕无粮可交的穷人。宋景诗特别同情穷人，为保护他们的利益，经常出来打抱不平，多次被捕入狱。因而他深受农民的尊敬和爱戴，附近各村庄许多农民都称他为"救星"。

　　年轻的宋景诗善于交游，经常"以武会友"，结识了许多英雄好汉。

　　1860年，山东是个大荒年，天灾人祸，民不聊生，百姓怨声载道，愤懑不平，纷纷掀起抗粮斗争。宋景诗因势利导，率领小刘贯庄农民向封建统治阶级进行了针锋相对的斗争。10月的一天，正逢集日，宋景诗和几个武艺人带头，成百上千的男女老幼扛着木

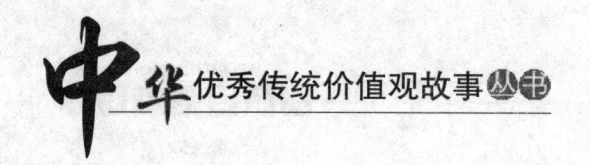

锹、锄头、犁耙等农具紧跟着，浩浩荡荡闯进了衙门，要求免除钱粮。县官强硬地说：缴纳钱粮是朝廷的王法，百姓的本分，不缴就是不行。群众随即把所带的农具噼噼啪啪地甩到县官面前，大声喊道："田，我们不种了，种了还不够缴钱粮。"

县官一看不好，唯恐事情闹大，不得不答应了群众的要求，并且在当天下午贴出告示，还"立碑为纪"。抗粮斗争夺得了胜利。

阴险狡诈的县官并没有善罢甘休，几天后的一个晚上，清军马队突然闯进小刘贯庄，放火烧了整个村庄，妄想一举扑灭群众斗争的烈火。宋景诗双眉紧锁，反复思索，出路在哪里？仇恨和痛苦凝聚成钢铁般的意志。官逼民反，不得不反。率众造反，武装起义……在他面前展现出一条宽广的大路。从此，他奔赴各地，联络骨干，发动群众，积极进行起义的准备工作。

那时，冠县监狱里关押着许多反清的英雄好汉和无辜的群众。宋景诗认为，这些人是斗争的骨干力量，把他们营救出来，对于组织起义和动员群众很有好处。1861年2月19日，宋景诗召集各地骨干，商定了劫狱的计划，进行了详细的布置。就在当天，宋景诗带领着十八位好汉，分别装扮成卖菜的、补锅的、卖柴的、打拳卖艺的……混进城里。到了夜里，他们拔出刀枪，点燃柴草，大喊"反了！反了！"城外的一路路群众，也点起火把，吹起牛角，还有人把马铃铛套在脖子上跑来跑去，发出丁零丁零的声响，城里城外人声鼎沸，吼声震天。守城的官兵看到火光熊熊，听到喊杀声一片，以为大队人马来到，个个惊恐万状，魂不附体，跑的跑，逃的逃。趁此混乱之机，宋景诗等人在内线配合下，砍死牢头，打开牢门，放出了那些无辜被捕的阶级兄弟。宋景诗眼含热泪和他们热烈拥抱。

接着，他们又火烧县衙大堂，焚毁田亩地册，开仓放粮接济贫民。宋景诗岿然屹立在高处，正式宣布起义。他把自己穿的黑色衣服割下一角，挑在枪上，定黑旗为起义军的旗帜，这支起义军也就被称为"黑旗军"。天亮后，他们整顿队伍，打着黑旗，带上战利品，开出城外。宋景诗揭竿而起的消息迅速传遍五里八乡。广大贫苦农民纷纷加入起义队伍。宋景诗等每逢集日，都去组织群众，往往是一集参军的就有五六十人，再一集入伍的就达数百人，真是人心所向，一呼百应。他家乡附近的很多村庄，几乎所有的村民都加入了黑旗军，一时间宋景诗的农民起义军就发展到几千人，活跃在鲁西一带。

1860年二三月间，宋景诗带领黑旗军以沙镇为大本营，围攻交通和商业重地东昌府（今聊城）达两个

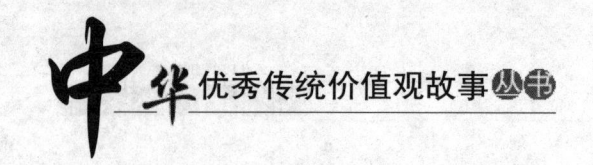

月之久。同时，打败了朝廷派来的进攻沙镇的多路兵马，并配合其他起义部队攻克了冠县、莘县等十三座县城。宋景诗注意严格要求和教育部队，先后提出一些有益于农民的口号，建立了新的司法制度，制定了"公买公卖"的政策，因而他的起义军纪律严明，战斗力强。

当时鲁西各县的地主武装"民团"与清军相互勾结，无恶不作，对黑旗军及其家属更是杀戮无度。尤其是堂邑县柳林和范寨的"民团"更为凶悍。宋景诗带领黑旗军用了将近半年的时间来攻打这两个民团，给敌人以沉重打击和严重创伤。

各个民团串通一气，狼狈为奸，彼此互相照应，互相支援。对此宋景诗采取孤立政策，宣布不打其他民团，专打柳林和范寨两个"民团"。这就分化了民团，使其他民团各自死守。一天，再次发起攻打柳林"民团"，宋景诗将一支人马埋伏在南门外口土坯后面。他骑着高头大马，率领几十个士兵逼近南门，诱惑敌人。柳林民团团长杨鸣谦站在圩墙上，看到宋景诗身单势孤，就打开城门，带领人马来与宋景诗交战。宋景诗假装失败，回马便走。杨鸣谦气焰嚣张，紧追不舍。当他追到土坯后时，黑旗军伏兵四起，勇猛冲杀，恶棍杨鸣谦当场被击毙，受到了应有的惩罚。柳林和范寨两个"民团"惊慌不已。为了挽救失败，他们乞求清政府派来了由刘长佑、恒龄等率领的几万救兵。

杨鸣谦的悲惨下场，使刘长佑等心神不安。他们在黑旗军的大本营岗屯附近调兵遣将，部署了一个月，纠集了一支一万七千多人的反动队伍，分三路向岗屯进攻。当时，宋景诗率领黑旗军大队外出了，只留下十八个人看守大营。这十八个人手持兵器，藏到高粱地里，吹起号角，高声呐喊。清兵不知虚实，掉头就逃。恰在此时，宋景诗率领大队人马，在得到消息后迅速赶来。他兵分三路：南北两路埋伏，中间一路迎战。清军正入埋伏，一触即溃。"黑旗军杀官兵像割高粱头一样"，三路清军官兵，被歼了两路。6月15日，恒龄率领清军前来攻打岗屯，半路上便被黑旗军杀得丢盔弃甲，狼狈逃窜。宋景诗领导的黑旗军在军事上取得了节节胜利，人民无不精神振奋，欢欣鼓舞，队伍迅速扩大到几万人。

清政府对黑旗军的壮大异常恐惧，对刘长佑、恒龄连吃败仗懊恼不已。为镇压黑旗军，挽回败局，特派钦差大臣统辖鲁豫军务及直晋防兵的僧格林沁前来督战。僧格林沁独断专行，飞扬跋扈，他把刘长佑、恒龄的军队划归自己指挥，还大肆吹嘘说："宋景诗是土耗子，不禁一打。"8月9日，僧格林沁、宋景诗分别在柳林西边的武庄瓦窑和岗屯瓦窑上插上大旗，

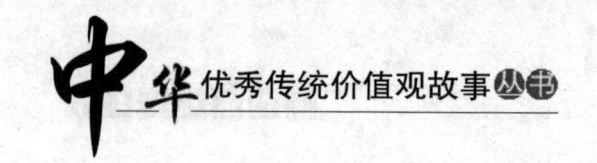

两军开始对阵。僧格林沁首先派出恒龄,继而派出刘长佑及其他大将迎战黑旗军。黑旗军将士骑着快马,光着脊梁,手持大刀长矛,一拥而上,杀得清兵溃不成军,一败涂地。第二天,僧格林沁命令所属军队倾巢而出,仍然没能取胜。战斗中,黑旗军一直逼近僧格林沁督战的窑前。僧格林沁火冒三丈,暴跳如雷,决心重整旗鼓,并使用洋枪洋炮来对付黑旗军。在敌强我弱的形势下,宋景诗认为不能和敌人硬拼,便主动撤退,驻守在小刘贯庄。

清军蜂拥而来,很快把小刘贯庄团团围住,为了保存实力,宋景诗决定施用妙计撤退。他一面向僧格林沁下战表,邀请他明日再战,一面派人敲锣打鼓,挥舞旗帜,显示一派备战的气势。僧格林沁接到战表,信以为真,傲慢地说:"让土耗子多活一夜吧。"随即撤除了对小刘贯庄的包围。宋景诗连夜部署,为了避免人马撤离时的声响,在大车经过的路上垫上棉被,老百姓和起义战士神不知鬼不觉地全部从南门安全转移。小刘贯庄响了一夜的锣鼓声。第二天,太阳都出来老高了,僧格林沁见宋景诗还没出来迎战,心生疑团,火速派兵闯进小刘贯庄,村里人影皆无,只有倒吊着几只羊,正用前蹄敲打着锣鼓,几头老牛拉着插满旗子的大车在缓缓走动。僧格林沁这才知道自己上了当,气得大发雷霆,当即下令追赶。清军刚追到朝城大场，就被早已做好战斗准备的黑旗军打得人仰马翻。

宋景诗后来在湖北与捻军会合，转战在湖北、山东、河北、河南、安徽等地。1865年4月，黑旗军和太平军、捻军协同作战，在山东曹州处决了恶贯满盈的大刽子手僧格林沁。

1871年2月，宋景诗不幸被安徽巡抚英翰秘密派人在亳州的界沟集逮捕，惨遭杀害，当时年仅三十岁。

◆宋景诗率领黑旗军英勇善战，与封建统治阶级进行了殊死斗争，为中国的历史画卷写下了壮丽的一页，值得后人永远怀念。

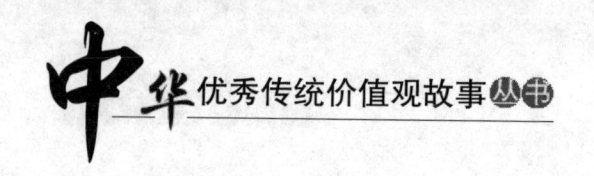

31. 海军忠魂邓世昌

邓世昌，字正卿，广东番禺县人。是清末中日甲午战争中的著名海军爱国将领。

邓世昌十八岁考入福州船政学堂，为驾驶班第一届毕业生。1874年以优异成绩毕业，任命为"琛航"运船帮带。次年任"海东云"炮舰管带，1880年李鸿章为建设北洋水师而搜集人才，因邓世昌"熟悉管驾事宜，为水师中不易得之才"而将其调至北洋属下，这一年冬天北洋在英国定购的"扬威""超勇"两艘巡洋舰完工，丁汝昌水师官兵二百余人赴英国接舰，邓世昌随往。1881年11月安然抵达大沽口，这是中国海军首次完成北大西洋—地中海—苏伊士运河—印度洋—西太平洋航线，大大增强了中国的国际影响，邓世昌因驾舰有功被清廷授予"勃勇巴图鲁"勇名，并被任命为"扬威"舰管带。

邓世昌严于律己，善于带兵。为了建设一支强大的海军，他治军严格，赏罚分明，而且特别注重平时的军事训练。他不顾自己身体有病，不用别人代劳，亲自指挥各舰军事演习，不惧风大浪高，虽然舰艇颠簸十分厉害，仍旧坚持训练。由于邓世昌的精心管带，"致远"成为北洋舰队最有战斗力的军舰之一。当时人称赞他"使船如使马，鸣炮如鸣镝，无不洞合机宜"。

邓世昌尤为重视对部下进行爱国主义教育，经常以多种方式激励官兵的爱国热情。每当官兵中出现英雄事迹，他不只当众给予表扬，而且借此机会，慷慨陈词，常感动得官兵们热泪盈眶。他教育部下说："人谁无死，但愿死得其所罢了。""古人常把以身许国当作最大的光荣。只要对国家有利，个人生命有什么可惜呢？作为军人应该随时准备献身才是。"勉励全舰官兵，随时准备为国献身。1894年，日本侵略者借口朝鲜内乱，出兵干涉，邓世昌深知日本的狼子野心，预感到中日战争不可避免。他对部下说："现在海疆多事，正是我们海军将士报效国家的时候。"他号召全体官兵，一旦战争爆发，一定要不怕牺牲，奋勇杀敌。他当众宣誓："万一遇到不测，誓与日本军舰同沉海底！"

7月25日，中日甲午战争爆发了。9月17日，北洋

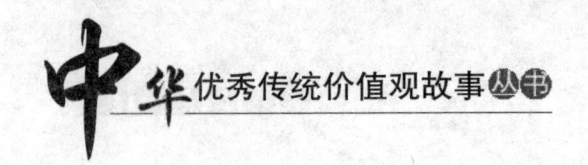

舰队奉命护送运兵船到鸭绿江口的大东沟，当晚顺利完成任务。第二天上午邓世昌与战士们操练完毕，正准备进行午餐，军士从望远镜里发现一支舰队从西南方向疾驶而来，估计是日本军舰。霎时警笛齐鸣，响彻海空，士兵们火速投入战斗准备。果然不出所料，半小时后，这支舰队换上了日本国旗。海军提督丁汝昌发出命令，各舰立刻起锚出海。十二时五十分，北洋舰队在黄海海面与日本舰队相遇，甲午中日黄海大海战爆发了。

日本战舰只数多，航速快，火炮强，他们依仗这种军事上的优势，来势凶猛，要"聚歼中国舰队于黄海"。邓世昌所在的北洋舰队面对强敌，斗志昂扬，同仇敌忾。

开战后，邓世昌指挥"致远"号，冒着密集的炮火，纵横海上，频频发炮，屡中敌舰。黄海海面狂涛怒吼，炮声震天，烈焰翻腾。就在这时，敌炮击中我方旗舰"定远"号指挥台，提督丁汝昌身受重伤，桅杆被打断，帅旗被打落。在这万分危急之时，邓世昌毅然立即升起帅旗，指挥战斗。为了保护"定远"旗舰，邓世昌指挥"致远"开足马力，驶出"定远"之前，迎战来敌。"致远"陷入四艘敌舰包围之中，邓世昌刚毅顽强，猛烈炮击敌舰。这时炮弹打光了，邓世昌又命令用步枪射击。经过近一个小时的激战，

"致远"号弹痕累累，水线以下也已受伤，船身倾斜，势将沉没。正在这时，日本速度最快的主力舰"吉野"又驶近"致远"，"吉野"自开战以来横冲直撞，对中国舰队的威胁最大。邓世昌双眼怒视"吉野"，对大副陈金揆说："日本舰队全仗'吉野'横行，如果撞沉'吉野'，我军定能取胜。"于是登上舰桥，慷慨激昂地向全舰宣布："我们为国作战，早已把生死置之度外，今天我们只有以死相拼了！"邓世昌登上驾驶台，两手紧握舰舵，开足马力，向"吉野"猛冲过去。

日军发现"致远"向"吉野"猛冲，马上集中火力，向"致远"轰击，"致远"甲板上起火，但仍继续前进，像一条火舌冲向"吉野"。"吉野"舰上的日本水兵见此情景，惊慌不已，纷纷跳水逃命。不幸恰在这时，"致远"号被"吉野"号发射的鱼雷击中，顿时锅炉爆炸，船身破裂，全舰起火，渐渐沉没。

邓世昌落水后，仍大喊杀敌不止。随从刘忠把救生圈抛给他，他断然拒绝使用，执意不肯生还，坚定地说："事已如此，我不能独生！"

爱犬"太阳"飞速游来，衔住他的衣服，使他无法下沉。可他见部下都没有生还，狠了狠心，将爱犬按入水中，一起沉入碧波，献出了宝贵的生命，享年四十五岁。全舰二百五十多名爱国将士，只有七人遇救，其余全部壮烈牺牲。

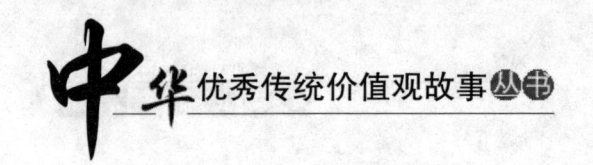

邓世昌的壮烈牺牲，极大地激发了北洋舰队全体将士的斗争意志，他们决心血战到底，继续顽强与敌人搏斗，又先后重创日舰多艘，不可一世的"吉野"号也连中几炮，身受重创。日军官兵伤亡一百多人，被迫退出战斗，在夜色里慌慌张张逃去。

◆邓世昌为国捐躯的英雄事迹，在国内外都有极大影响。目睹这场海战的英法海军称赞他："忠勇为不可及"。国内的广大人民更为他的英烈行为所感动、鼓舞。

32. 抗日名将左宝贵

左宝贵，字冠亭，山东费县（今山东平邑县）人。回族，中日甲午战争中为国捐躯的著名爱国将领，中国近代史上反抗外敌侵略的民族英雄。

左宝贵出身贫苦，自幼父母双亡。咸丰六年（1856），携两弟应募从军，"投效江南军营"，此后转战于大江南北，开始了他的戎马生涯。不久就崭露头角，以作战勇敢而知名。在朝鲜战场上他与日军英勇作战，深得朝鲜人民的敬爱。传说他常骑着白马，手挥舞着钢刀与日军英勇奋战，人们称他为白马将军。

中日甲午战争爆发后，左宝贵率军渡过鸭绿江到平壤。他在战争以前已洞察到战争不可避免，便积极主张抵抗日本侵略。他向朝廷建议必须抓紧备战，不能延缓，充分表现了他高度的爱国热情。他的部队训练有素，纪律严明，在他接到向朝鲜进兵命令后，不

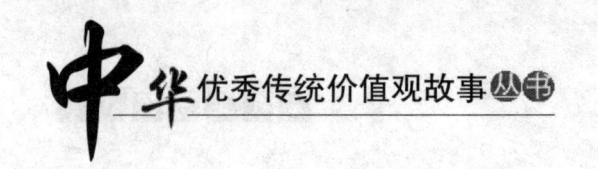

到四十八小时就率兵出发了。他抱着以身殉国的决心，毅然踏上了征途。

日军分三路向平壤进攻，左宝贵负责的防守地带成为日军进攻的主要目标。这一地区是通往中国的要道，战略位置十分重要。左宝贵从城上亲自指挥，敌我双方枪炮齐鸣、硝烟蔽天，战斗十分激烈。

牡丹台是一个制高点，是整个平壤城的命脉所在，如果此台失守，全城将受到极大威胁，左宝贵率军凭险据守，用全力来抵御敌人。守台的军队用毛瑟枪和速射炮向进攻的日军猛射，使敌人伤亡惨重，无法前进。但是日军又不断地增调炮兵，日军的开花炮弹炸毁了牡丹台下假城的城墙，使左宝贵的守军堡垒城墙和速射炮也被击毁。在这种情况下，清军尽管继续做殊死决战，也无法顶住日军的炮击。日军步兵乘机像蚂蚁一样爬了上来，占领了牡丹台。此时，左宝贵正在玄武门上指挥作战，见牡丹台失守，便决意要与日寇血战到底。他的部下为了他的安全，劝他撤去头上辉煌的翎顶，以免引起敌人注目，遭到他严厉拒绝，他并以此激励部下，说道："这是为敌人设的目标，让他们来吧，我穿我国之衣服，就是要士兵们知道我还在阵前。我连死都不怕，做敌人的目标，又有什么可惧怕的呢？"他说罢，穿好朝服，端端正正戴好翎顶，决心以身殉国。接着又坚定地对将士们说：

"建功立业，就在此时了！"炮手阵亡了，他亲自代替炮手，亲量大炮准星，亲手放榴弹巨炮，轰炸敌人。在左宝贵率先垂范、浴血奋战的精神鼓舞下，他手下的士兵个个勇猛顽强，勇往直前，与日本侵略者展开血战，使得日军不断退却。这时，左宝贵已身中几处枪伤。士兵们走过来扶他下炮台，他坚决不肯。见敌人逃跑，便立即组织队伍追击。他亲自带兵，骑着白马，走在队伍的前面，向日军的阵地猛冲，突然敌人一发炮弹飞过来，一块铁皮穿过左宝贵肋下，又一发炮弹飞来，他的腿又被击中，鲜血立即染红了战袍。他迅速用布包好伤口，仍继续顽强指挥战斗。敌人又一发炮弹飞来，击中了左宝贵的颈部，这位素有骁将之称的英雄就这样慢慢地倒下了，时年五十六岁。

◆左宝贵是中日甲午战争中第一个壮烈殉国的清军高级将领。左宝贵的崇高爱国精神和浩然正气，永远激励着后人。

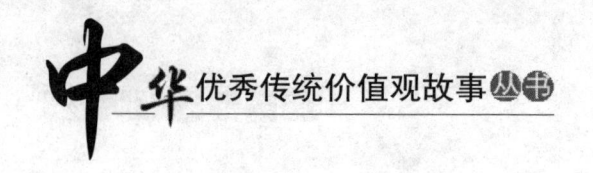

33. 抗击日寇的台湾义军首领徐骧

徐骧，字云贤，台湾苗栗人，祖籍广东（粤籍，客家人），秀才出身，清末台湾抗日义军将领。

美丽的宝岛台湾，自古以来就是我们伟大祖国的神圣领土。为了维护祖国的完整和统一，反对帝国主义的侵略，世世代代的台湾各族人民进行了不屈不挠的英勇斗争，涌现出许许多多爱国英雄，徐骧就是其中杰出的代表。

徐骧，清朝人，出生在台湾苗栗县一户世代耕织的贫苦农家。他自幼参加劳动，勤劳朴实，酷爱读书，曾考中秀才。他身材魁梧，臂力过人，喜练棍棒拳术，有一身好武艺。他慷慨无私，常把劳动所得的剩余之物送给附近贫苦乡民，还乐于为人打抱不平，深受群众爱戴。

1895年4月,清政府在甲午中日战争中惨败,与日本签订了丧权辱国的《马关条约》,神圣的宝岛台湾被割让给日本。消息传出,激起了全国人民的无比愤怒。国内舆论纷纷谴责割让台湾,有人作诗痛斥那些只会投降卖国的高官显贵:"向来无一策,富贵只求和。"台湾人民更是悲愤万分。在台北市,人们纷纷集会,在街头演讲,抗议清政府的卖国行径。这时,徐骧再也不能平静地待在家里,他整天奔走在人群中,对大家说:"朝廷没有力量保卫台湾,我们民众能够保卫她,只要众志成城,山可以移,海也可以干涸!"他号召大家组织起来,用自己的鲜血保卫家园。

不久,日本侵略军逼近徐骧的家乡新竹。徐骧挺身而出,慷慨激昂地向愤怒的群众发表演说:"台湾是我们世世代代居住的故乡,奋起抗战,保卫祖国,保卫家乡,就是牺牲了,我们的精神也永垂不朽!我们以血肉与台湾共存亡,这是无上的光荣!"说到这里,徐骧语不成声,泪如雨下。

大家听了他的讲话,更加激愤,个个摩拳擦掌,表示愿意跟随徐骧同日寇决一死战!一支抗日民军在徐骧的组织下建立起来了,取名民团,大家一致推举徐骧为团长。徐骧无比激动地向父老乡亲们表示一定要"竭尽全力,驱逐日寇,还我山河"。

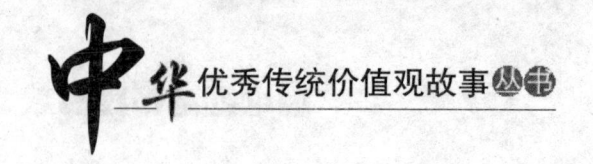

6月中旬，日本侵略军向新竹发起进攻。当敌人从山路南下的时候，早就埋伏在茂密的竹林里的几十名义军战士突然冲出来，双方展开激战。这时徐骧率领援军从正面呐喊着杀过来，义军士气高昂，奋勇拼搏，歼灭日军六十多人，日军头目樱井大佐也一命呜呼。残余的日寇逃入山林之中，被义军团团包围。正要全歼敌人时，奸细带着敌人援军从小路赶来，进攻义军后路，被围日军得以逃脱。

不久，日军又占领了新竹。

7月9日，义军分三路反攻新竹，徐骧率领义军担任攻城先锋。但由于事先走漏了消息，日军气势汹汹出城迎战，双方在城外激烈交战。徐骧带一支精兵绕到敌后，不巧被城内敌人发现，出城包围。双方相互包抄围攻，来回争夺，义军手持土枪土炮英勇战斗，喊杀声震天，激烈的肉搏战反复进行，顿时血肉横飞。后终因寡不敌众，被迫撤退，在腹背受敌的情况下，徐骧毫无惧色，率军拼死杀出一条血路，突出重围，隐入竹林之中。徐骧突围后率义军继续坚持战斗，大小二十余战，牵制日军达两个月之久，延缓了日军的侵占计划。义军的英勇气概使敌人十分震惊，敌人无可奈何地承认："我们的对手非常顽强，丝毫也不怕死。""每个人甚至青年妇女都拿起武器来，一面呼喊着，一面投入战斗。"

8月12日，日军进犯大甲溪，刚渡过溪岸，就遭到伏兵痛击，被迫慌忙转头后退，刚渡到一半，徐骧又率伏兵从岸边的丛林中杀出，这些神兵天将吓得敌人灵魂出窍，纷纷落水，死者不计其数。后来日军在奸细的协助下，又占据了大甲溪。

徐骧等义军退守彭化城，以大肚溪作为屏障。当敌人进犯大肚溪时，徐骧率军稍稍抵抗后就假装败退，令士兵埋伏在莽丛之中，诱敌深入。日军追踪而来，正陷入了义军的埋伏圈。顿时伏兵四起，杀声震天，打得敌人落花流水，义军大获全胜，又乘胜追击，夺回了大甲溪。

不久，日军集中兵力猛攻八卦山。徐骧奋力固守，居高临下，叠石为垒，分兵扼守山上险要地段，英勇战斗，打退了敌人一次次进攻。徐骧有时还趁黑夜袭击敌营，杀伤大量日军。日军哀叹不已，于是，再次以重金收买奸细带路，一天夜里敌人由小路爬到山顶。当义军发现时，敌人已布满了山谷。徐骧率领义军与日军短兵相接，展开了激烈的肉搏战。经过浴血奋战，日本号称精锐的近卫师团一千多人全被击毙，少将山根信成也被打死。同时义军有三百多名爱国将士壮烈殉国。徐骧战斗到最后，率领十几个战士杀出重围，沿着崎岖小路，向高山族同胞聚居的阿里山区前进。虽然斗争暂时失败了，但他并不灰心，仍

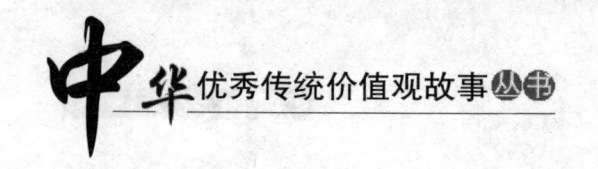

信心百倍。一路上，徐骧想方设法激励士气。

来到阿里山区后，这里的高山族同胞热情地款待这支忠勇双全的义军，还请徐骧讲抗击倭寇的战斗故事。徐骧激情满怀地对高山族同胞说："日寇不仅要毁灭平原上的城镇，也将毁灭深山野林，但是我们决不屈服！我们高山族同胞也要随时准备迎头痛击倭寇。在这民族危亡的严重关头，我们人人都应挺身而出，同倭寇血战到底！"高山族同胞很受鼓舞，大家异口同声地说："听说我们祖先就打过倭寇，打过红毛夷，我们不是好惹的，一定要把倭寇打跑！"人民的支持使徐骧忘记了疲劳和哀痛，他信心百倍，立即号召并组织高山族同胞参加民军，抵御日寇。

日军遭到台湾人民的英勇抵抗后，又调集两万多人开到台湾。10月初，日军大举进犯嘉义城。徐骧与嘉义守将定计，组织民军挖掘地道，设法把地雷埋置在日本军营的地下。一天夜里，地雷爆炸，日军被炸死七百多人。

第二天，恼羞成怒的日军集中全部炮火四面轰击嘉义城。最后的决战就要开始，徐骧精神抖擞，手持大刀，挺立城头，放开喉咙向战士们大声喊道："我们为台湾人民报仇雪恨的时候到了！"

敌人总攻开始了，炮弹在徐骧周围接连爆炸，炮声震耳欲聋，血腥的浓烟滚滚。徐骧无所畏惧，顽强地坚持指挥战斗。不幸,敌人的炮弹残酷地夺走了徐骧的生命,他的一腔热血喷洒在祖国的土地上。徐骧高呼"大丈夫为国捐躯,死而无憾"!壮烈殉国。

战后,人们曾饱蘸血泪,写下了一首气壮山河的挽联,来深切悼念这位为了保卫台湾、保卫祖国统一而英勇奋战,壮烈殉国的抗日英雄,"临危不惧,方显中华儿女真本色;为国捐躯,最是人民英雄一片心!"

◆徐骧倒为祖国为家乡流尽了自己的最后一滴血。"中华、中华,我所至爱。为国捐躯,死而不愧"。充分表现了这位台湾抗日英雄的一片爱国热忱。

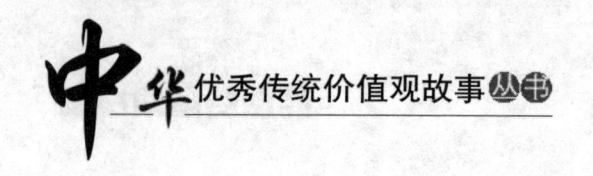

34. 义和团首领朱红灯

朱红灯，原名朱逢明，号天龙，山东泗水人。出身贫苦，因家乡遭水灾，逃荒到长清县，以行医为业。他后来成为山东义和团著名首领。

19世纪末，中国面临着被帝国主义瓜分的危机。帝国主义分子披着宗教外衣以传教士的身份大肆进行侵略勾当。中日甲午战争爆发后，齐河、长清一带屡遭水患，人民苦不堪言，美籍传教士乘机大肆建立教堂、发展教民。这些传教士、教徒在当地乡里横行霸道，乡民忍无可忍，时有抗争，一时民教纠纷迭起。加以清政府极其腐败，不修水利，黄河决堤，洪水泛滥，颗粒不收，粮价飞涨，民不聊生，广大农民纷纷被迫铤而走险，起来反抗，号称"义和拳"，官府派兵镇压也未奏效。义和拳很快形成燎原之势。

朱红灯看见民心激昂，便号召家乡农民学拳，设下了一个很大的场子。又往来周围村庄串联发动，成立神拳组织，参加的群众愈来愈多，声势不断壮大。在茌平县所属八百六十余庄，习拳场所多达八百多处。朱红灯组织各处神拳群众先后在张官屯，华岩寺举行"摆会"庆功，比试刀枪，鼓舞斗志，扩大影响，加强联系。他们还在长清、茌平、高唐等地，组织群众练拳比武，开展反对教会侵略的斗争。

光绪二十五年（1899年）秋，平原县杠子李庄县令蒋楷依仗教会势力，欺凌平民，逮捕无辜民众六人下狱。激起众怒。

朱红灯得知后，迅速赶到平原县杠子李庄。知县蒋楷听说后，十分恐慌，立即率步骑百余人前来镇压。朱红灯列队迎战，并采取灵活机动的战略战术，对清军进行反击，蒋楷狼狈逃窜，此时，朱红灯将所率领的队伍正式称为义和拳，竖起"天下义和拳，兴清灭洋"的旗帜，极大地鼓舞了群众的斗志。

杠子李庄之战取得胜利后，朱红灯决定乘胜攻打恩县城西的刘王庄教堂和西北的庞庄教堂。10月17日，朱红灯率领义和拳群众浩浩荡荡向目的地进发。朱红灯规定：团众集合自带口粮，不准私拿老百姓之物；所到之处，只对教徒施以恐吓，收其不义之财，不准妄开杀戒；保护拳民及平民的利益。

蒋楷受挫后，并不甘心失败，他勾结教会向山东

— 185 —

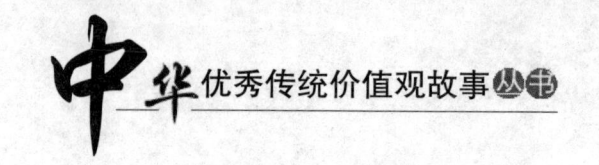

巡抚毓贤诬告义和拳"谋变"。毓贤急急忙忙派人率领马步兵七百余人赶到平原，分三路包剿义和拳。朱红灯集中了超过清军二三倍的力量，率众抢先进攻，一举歼灭中路来敌。

18日清晨，朱红灯身披大红斗篷，穿着红裤，骑上大红马，手持大刀，身先士卒，带领义和拳群众冲向敌阵，追击敌军两里多远，清军大败而逃。森罗殿一战，义和拳声威大震。

此后，朱红灯、心诚和尚率领义和拳转战长清、禹城、茌平、博平等地，惩办欺压乡里的教会人物，打击教会侵略势力，不断挫败官军的围剿。不久，朱红灯因内争为同伴砍伤，隐藏于博平（今茌平）花园寺，20日晚，不幸为山东官府马金叙部逮捕。

朱红灯与义和拳来往书信被查缴，发现有"明年四月初八攻打北京"的计划。11月23日，马金叙带领清军将朱红灯从茌平县城解送济南。12月24日，朱红灯在济南被山东巡抚毓贤杀害，年仅三十七岁。此后，朱红灯的战友朱启明重整队伍，与袁世凯和帝国主义势力又展开了殊死的搏斗。

◆朱红灯虽死，但他发动领导起来的义和团反帝斗争，他点燃的革命火种和他的英勇反抗精神却是永远扑不灭的。